あまい恋の約束
「唯、
「これまで　これからもずっとだ」
左右の頬に贈られた誓いのキスが、しあわせな日々のはじまりを告げた。

あまい恋《こい》の約《やく》束《そく》

宮《みや》本《もと》れん

ILLUSTRATION：壱《いち》也《や》

あまい恋の約束

LYNX ROMANCE

CONTENTS

あまい恋の約束

ぽかぽかの陽気が気持ちいい。

土手に寝ころがった唯《ゆい》は、大きく「ふわぁ」とあくびをした。

さわやかな秋の風がやさしくススキの穂をゆらしていく。青い空は雲ひとつなく澄んでいて、じっと見上げているとこのまま吸いこまれていきそうだ。

「飛んでっちゃいそうだねぇ」

空に向かって両手を伸ばす。

まだ大人になりきれていないもみじのような手をつつきながら、隣に座っていた兄の脩哉《ゆうや》がくすりと笑った。

「それは困ったな。風船みたいに飛んでったら、唯はきっと迷子になるぞ」

反対側にいた、二番目の兄の秀哉《しゅうや》もそれに続く。

「行き先は風任せじゃ、泣きべそかいたおまえを探しに行けなくなる」

「……そうなの？」

急に心配になって、おずおずとシャツを引っぱると、秀哉は苦笑に眉《まゆ》を下げた。

「そんな顔するな。冗談《じょうだん》だ」

「俺たちが唯をひとりにするわけないだろ？」

脩哉も「大丈夫だよ」と頷《うなず》いてくれる。

「そっか。よかった」

ふたりがそう言うなら大丈夫だ。

少しだけ身体《からだ》を起こしかけていた唯は、安心してもう一度ころんと横になった。

今日、十月十日は、唯の十歳の誕生日だ。

運よくお休みの日にあたったので、三人でのんびり散歩にきた。

年の離れた兄たちはいつも仕事に、大学にと忙しそうにしていたから、こうして一緒に出かけるのは久しぶりだ。それだけでもうれしいのに、休日出勤のお父さんとお母さんも「今日は早く帰ってくるね」と約束してくれている。夜はみんなでお誕生日会だ。

どんなケーキが食べられるんだろう。

どんなプレゼントがもらえるんだろう。

わくわくとドキドキでいっぱいになる、一年に一度だけの特別な日。

「唯も十歳か……」

そわそわし出した弟を見下ろしながら、脩哉がしみじみと呟《つぶや》いた。

「あと十年で大人になるんだなぁ」

「その頃には、俺たちじゃない誰かが唯を祝ってるかもな」

「え？」

びっくりして起き上がる。

「お兄ちゃんたちは？　お祝いしてくれなくなるの？」

「そんなことはないよ。おまえはずっと俺たちの大切な弟だ」

「だが、おまえにも恋人ぐらいできるだろう。結婚だってするかもしれない」

恋人？　結婚？　……ぼくが？

想像してごらんと言われ、やってみようとしたのだけれど、結局うまくできなかった。

だって、ふたり以上に一緒にいたい人が思いつかない。それぐらいふたりといるのは楽しかったし、そばにいてくれるだけで安心した。

——そっか。

答えがすとんと落ちてきて、唯は満面の笑みを浮かべた。

「ぼく、大きくなったらお兄ちゃんと結婚する。だってお兄ちゃん大好きだもん」

「唯？」

この答えにはさすがのふたりも驚いたようで、互いに顔を見合わせながら苦笑している。

「それなら、どっちと結婚するんだ？」

「え？　どっち？」

決めないといけないのかな。ふたりと、ずっと一緒にいたいんだけどな……。

首を傾《かし》げた唯は、ふといいことを思いついて、ぱっと顔を上げた。

「あのね、どっちも！」

得意げに胸を張ると、なぜか脩哉がふき出した。

「それは楽しみだな」

秀哉もまんざらでもなさそうで、口の端を片方だけ上げて笑う。ほがらかな脩哉とは対照的に、普段は思っていることをあまり言わない人だけれど、今のがうれしい時の顔なのはちゃんと伝わった。

お兄ちゃんたちもよろこんでくれてるんだ……。

そう思ったらなんだかうれしくなってきて、両手を口にあてながら「ふふっ」と笑う。

脩哉たちも茶色の目をやさしく細めた。

「それなら、俺たちが唯を守れるようにならないとな」

「あぁ」

兄たちが頷き合っている。ふたりが話していることの意味までは唯にはわからなかったけれど、それでも、特別な約束ができたことはわかった。

「待ちきれないね」

ゆびきりをしただけでわくわくする。目を輝かせながら唯はふたりを交互に見上げた。

大きくなったら、お兄ちゃんたちと……。

誕生日の日のささやかな約束。

それはいつか、思い出の箱にしまいこんでしまうはずだった――。

「お父さーん、起きて起きて。お母さんも、そろそろコーヒー淹れるよー」

高階家《たかしなけ》の朝は唯の明るい声ではじまる。

食事の支度《したく》の合間に寝室に赴き、家族を起こすのも日課のひとつだ。今日も家を出るのがギリギリになりそうと苦笑しながら、唯はキッチンに戻るなり朝食の仕上げにかかった。

朝は、和食にコーヒーと決まっている。

新鮮な卵を三つほどボウルに溶き、だし汁と塩を少々。菜箸《さいばし》で軽く掻《か》き混ぜてから小口切りの万能ネギを合わせた。だし巻き卵は父の大好物なのだ。よろこぶ顔が目に浮かぶようで、唯は口元を綻《ほころ》ばせながら専用のフライパンに手を伸ばした。

卵液を流しこむとすぐ、いい匂いが部屋に漂いはじめる。

昔は何度も失敗したものだったけれど、今や微妙な力加減も火の調節もお手のものだ。

「うん、これくらいかな」

でき上がった卵焼きをまな板の上に移しつつ、壁の時計を見上げると、両親が仕事に出かける四十分前になっていた。

あと三分待って起きてこなければ今度はベッドに突撃しなくちゃ……と、唯は気合いを入れがてらカフェエプロンの紐《ひも》を締め直す。

去年の誕生日に兄たちにもらったお気に入りだ。

胸当てのついたオーバーオール型はエプロンの中で身体が泳いでしまうので、カフェの店員が着けるようなものをリクエストした。これなら家事の邪魔にならないし、手も拭《ふ》けるので重宝《ちょうほう》している。

食器棚のガラスに映《うつ》った自分を見つけた唯は、照れの混じった複雑な顔になった。

「お手伝いしてる中学生みたい……？」

思わず呟いてから、あらためて「うーん」と苦笑する。

あと三ヶ月で二十歳になるというのに、童顔のおかげで年相応に見られたためしがない。一度も染めていない黒髪や、ぱっちりとした黒目がさらに幼く見えるらしく、堂々とした風貌《ふうぼう》の兄たちと並ぶと実年齢以上に離れて見えた。

彼らがとりわけ大人びているせいもあるだろう。ふとした瞬間に、自分にはない男の色気さえ感じることがあるくらいだ。

ふたりとも格好いいからなぁ……。

思い出しただけで頬がゆるんでしまう。どちらも自慢の兄なのだ。

味噌汁《みそしる》の味見をしていた手を止めて和《なご》んでいると、パジャマ姿の父親が目を擦《こす》りながらリビングに現れた。

「お父さん、おはよう」

まだ半分寝惚《ねぼ》けているらしく、ふにゃふにゃとした声で「んー」と返す。昔からとにかく朝に弱い人なのだ。きっと、重力を思いきり無視した寝癖《ねぐせ》にも本人は気づいていないだろう。

「今日は、だし巻き卵が食べたいなぁ」

椅子《いす》に座った父親に手早くご飯と味噌汁をよそう。

「そう言うと思った。はい」

大根おろしを添えただし巻きを出すと、途端に父親の目がきらきらと輝いた。

「唯くん、上手だねぇ」

「お魚も煮豆も残さず食べてね。お母さんも、お弁当に入れてるからお昼にね。仕事に熱中しすぎて忘れちゃだめだよ」

いそいそと箸を伸ばす父親の隣で、同じくテーブルに着いた母親が肩を竦《すく》める。これまでも何度か、覚えている限りでも両手で足りないほど昼食を食べ損ねた前科があるのだ。

こうと決めたら一直線の性格は、集中力を必要とする研究所では高い評価を得ているそうだけれど、熱中するあまり寝食を忘れることもあって唯としては些《いささ》か心配なのだ。

そんな母の横で、父はしあわせそうに卵を噛《か》み締めていた。

父親はこう見えて、薬剤研究の分野では知らない人はいないと言われるほどの権威らしい。僕が書いたんだよと言ってハードカバーの本を何冊も見せてもらったことがあるし、海外の学会にもたびたび呼ばれて行っているのを知っている。

普通に聞けばかなり立派なのだろうけれど、いかんせん、買ってきてくれるお土産《みやげ》のセンスが壊滅《かいめつ》的《てき》にいただけないせいで、遠出をすると聞くたびに今度はなにかとドキドキしてしまう。

だって、あれだもん……。

視線の先に並んでいるのは、目がチカチカするような蛍光色《けいこうしょく》のぬいぐるみたちだ。壁にはどこかの民族のお面がかかっているし、どうやって使ったらいいかわからない変わった形の食器もたくさん棚に眠っている。父いわく、その時に閃いたものを買い求めた結果なのだそうだ。

――研究者って、不思議……。

これまで何度も抱いた感想が頭を過《よ》ぎったものの、今はあえてそれを横に置いておく。まずは両親を送り出すことが先決。それから自分も支度をして、八時過ぎには家を出るつもりだ。それに、今日は楽しみにしていた実習の日だから頑張らないと。

「……よし」

胸の前でこっそりこぶしを握っていると、やってきた脩哉がそれを見て楽しそうに笑った。

「朝から気合いが入ってるな」

「あ、脩兄」

「おはよう。唯」

少し低めのやさしい声。

脩哉が微笑《ほほえ》んだだけで、花が咲いたように周囲がぱっと明るくなった。

一八三センチと長身ながら、明るい性格と、屈託《くったく》のない笑顔が彼を親しみやすく見せる。すらりと均整の取れたプロポーションは甘いマスクを際立たせ、昔からどこにいても人目を引く人だった。

今も、Tシャツにランニングパンツという出《い》で立ちがやけにサマになっている。まるでトレーニングウェアの広告から抜け出てきたみたいだ。

モデルさんって、すごいなぁ……。

毎日顔を合わせているのに同じ感想なのが恥ずかしいけど……と、心の中で呟きつつ、唯は二十センチ近く上にある脩哉の顔をじっと見上げた。

「どうかしたか？」

脩哉が首を傾げるのに合わせてライトブラウンの髪がさらりと揺れる。

「ううん。それよりウェア、新しいやつ？」

「よく気づいたな」

髪や目の色が明るい彼には、スカイブルーがよく似合う。

そう言うと、脩哉はうれしそうに笑った。

ファッションモデルという職業柄、体調管理に人一倍気を遣《つか》う彼は、軽いストレッチとランニングをしてから朝食を摂《と》るのを日課にしている。両親とは食事の時間が合わないため、走りに行く前にいつもこうして顔を見せに来るのだ。

脩哉はコップに水を注ぎながら、「そういえば」と思い出したようにこちらを向いた。

「この間、駅でばったり秀哉に会ったよ」

「秀兄と？」

「撮影で朝早く家を出た日があったろう。あっちも月曜は早朝ミーティングがあるとかで、いつもより早いんだと言ってたな」

秀哉は、脩哉のひとつ違いの弟で、唯にとっては二番目の兄にあたる。

ずっとこの家で一緒に暮らしていたが、就職と同時に独り立ちすると言って家を出てしまったため、今では顔を合わせる機会は少ない。

「元気そうだった？」

「あぁ。うちに置いてった本が必要だとかで、週末に顔を見せると言ってた」

「わ、ほんとに？　秀兄が来るんだ」

自然と声が弾んでしまう。今年はお正月もゴールデンウィークも仕事で忙しそうで、来月のお盆まで機会はないだろうと思っていたからだ。

「久しぶりにみんな揃うなら、おいしいものたくさん作らなくちゃ」

「それは楽しみ……だが、唯の手料理はどれもうまいからなぁ」

選ぶのが難しいな、と聞いているこっちが恥ずかしくなるようなことを臆面《おくめん》もなく呟く脩哉の傍《かたわ》らで、父親がうれしそうに顔を上げる。

「唯くん唯くん。茶碗蒸しがいいと思うよ」

「もう。それはお父さんが好きなものでしょ」

一同で顔を見合わせて笑った。

「それより父さんたち、時間いいのか？　俺はもう出るけど」

「こりゃしまった」

脩哉に声をかけられ、父親が慌てて席を立つ。そのままパタパタと洗面所に走っていくのもいつもの光景だ。その背中に「寝癖、直してね」と一声かけるのも忘れない。

かくして、ランニングに出かける脩哉と一緒に両親もバタバタと出勤していった。

ひとり残されたリビングにはまだ、にぎやかさの余韻《よいん》が残っている。壁の時計を見上げながら唯はやれやれと苦笑を浮かべた。

「お父さんたち、ちゃんと間に合うといいけど……」

食器を片づけつつ、今夜はなににしようかと考えはじめる。

これはもう、身体に染みついた癖みたいなものだ。物心ついた頃から家事は唯の役目だったが、中でも一番好きなのが料理だった。

自分が作ったもので相手が笑顔になってくれる。それがなによりうれしかった。

大きくなってからも、漠然《ばくぜん》と料理に関わる仕事に就きたいと思っていた唯に、管理栄養士という資格を教えてくれたのは母だ。はじめは、ただ料理が好きという自分に務まるのか不安だったけれど、実際に学びはじめてからは早く一人前になりたいと思うようになった。

まだまだ未熟ではあるけれど、今は身近な家族の健康を守ることが唯の目標だ。

唯にとって、大切な『家族』の――。

「もう、ずいぶん前になるんだなぁ」

懐《なつ》かしい記憶を引っぱり出し、目を細める。

脩哉たちに出会ったのは今から十一年前、唯が八歳の時のことだ。母親の再婚によって新しい家族ができ、あたたかな家ができて、唯の生活は一変した。

実父が病気で亡くなってからというもの、母親は女手ひとつで自分を育ててくれた。

朝早く家を出ていき、夜遅くに帰ってくる母とはゆっくり話す時間もなかなか取れなかったけれど、自分のために頑張ってくれていると知っていたし、明るくさっぱりした母親の性格もあって、家の中はいつも明るかったように思う。

唯がいいことをするたび、母親は大袈裟《おおげさ》なくらい褒《ほ》めてくれた。

たとえばそれはお米を研いでおいたり、ゴミを捨てておいたりといった、本当にささやかなことだったのだけれど、最後には照れくさくなって「もういいよ」と言うまでやめなかった。

そんな母との暮らしだったから、寂しいと思ったことは一度もない。

それでも、クラスメイトたちが父親の話をするたび、兄弟の話をするたびに、自分にそんな存在がいたらどんなふうだろうと考えたりした。

父と兄に会った日のことを今でもはっきり覚えている。

母親に「紹介したい人がいるんだけど、唯は会ってくれる？」と訊かれ、よくわからないままに頷いた。

めったにしないおめかしをさせられ、淡い水色のワンピースを着た母親に手を引かれて訪れたのはどこかのホテルのレストランだっただろうか。相手方は先に来ていて、母と唯が個室に入るなり立ち上がって迎えてくれた。

スーツを着たやさしそうな男性が、唯を見てにっこり笑う。

『はじめまして、唯くん』

『……?』

びっくりして母親を見上げる唯に、母親はやさしく背中を押した。

『高階さんっていうの。今日、唯に会ってもらいたかった人なのよ。ご挨拶《あいさつ》してね?』

つないでいた母の手をぎゅっと握ると、同じように握り返される。頑張って、と言われているのだとわかり、唯は思い切って高階を見上げた。

『あの……あの、……こん、にちは、にちは……』

『やぁ、うれしいな。こんにちは、唯くん』

高階がたちまち顔を綻ばせる。笑うと糸のように細くなる目も、低くあたたかい声も、亡くなった父親とはちっとも似ていないのになんだかほっとしてしまった。

この人が、新しいお父さんになるのかな……。

そわそわと落ち着かなくなる。

高階が、隣に立っていたふたりの青年を息子だと紹介してくれた。

『兄の脩哉、弟の秀哉だ』

颯爽《さっそう》とスーツを着こなすふたりを見上げる。

脩哉の方は華やかで眩《まぶ》しく、秀哉の方は凜《りん》とした面差しがとても印象的だった。

……俳優さん……？

こんな人たちがすぐそこにいることが信じられない。整った容姿どころか、雰囲気そのものからして別格としか言いようがない。

驚きに目を丸くしていると、それを見た高階がくすくすと笑った。

『唯くん、びっくりしちゃったね。秀哉が恐い顔だった？』

『お父さん』

すぐさま秀哉が窘《たしな》める。

『はじめまして。これからよろしくな』

脩哉にさっと右手を差し出され、どうしていいかわからなくなった唯は、とっさに母親のスカートにくっついた。

『唯、握手しましょうって。お兄ちゃんが』

『……お兄、ちゃん……？』

あの人が、ぼくのお兄ちゃんになるの……？

おずおずと母親の後ろから顔を出す。それでもまだ目を合わせるのは恥ずかしくて手はワンピースを摑んだままだ。チラ、と上目遣《うわめ》いに見上げると、にっこり笑った脩哉が見えた。

『……わ、……』

眩しくて、慌てて下を向いたのだけれど、すぐにもう一度見たくなってまたチラ、と目を上げる。

そんなことを何度もくり返しているうちに我慢できなくなったのか、脩哉が小さく噴き出した。

『そんなに恐がらなくていいんだぞ』

再び手を伸ばされ、今度はやさしく頭を撫《な》でられる。

『唯って、呼んでもいいか？』

名を呼ばれ、弾かれるように顔を上げた。

眩《まばゆ》い笑顔が唯の承諾《しょうだく》を待っている。熱くなる頬を押さえながらこくんと頷くと、脩哉は満面の笑みを浮かべてみせた。

そっと隣の秀哉にも目を向ける。

無口な人なのか、脩哉と違って少し話しかけにくい雰囲気はあったけれど、キリリと引き締まった横顔が意志の強さを表しているようで、男らしく格好よく見えた。

こんな人がふたりとも、ぼくのお兄ちゃんになるんだ……。

それだけで胸がいっぱいになった。

その後のことはあまりよく覚えていない。ひたすらドキドキしていたような気もするし、これからの生活にわくわくしていたようにも思う。これまで母親を支えることしか考えていなかった唯にとって、自分自身の憧れを投影できる兄という存在はそれぐらい特別なものだった。

明るくやさしい脩哉と、厳しくしっかりものの秀哉。

ふたりは第一印象のとおり性格が正反対で、脩哉が手綱《たづな》をゆるめては秀哉が締めるというふうに、うまい具合にバランスが取れている。どちらか一方といても楽しかったけれど、三人でいる時が一番しっくりくるような気がした。

そしてそれは、大きくなった今でも変わらない。

「まだまだ『くっつき虫』だって言われちゃうかな」

昔、母親につけられたあだ名だ。「お兄ちゃん子ね」と言われるたび得意になっていたんだっけ。

思わず口元がゆるむ。

その時、玄関のドアが開く音がして、ランニングから戻った脩哉が再びリビングに顔を覗《のぞ》かせた。

「ただいま」

「あ、おかえりなさい。お味噌汁よそうね」

テーブルに着いた脩哉の前にご飯と味噌汁、それにあたため直した主菜を並べる。

いつものように「いただきます」と手を合わせた脩哉は、さっそく味噌汁を一口啜《すす》った。

「うん、うまい。唯の味だな」

「よかった」

大きく口を開けながらおいしそうに食べる脩哉の姿は、見ているだけでほっとなる。雑誌に載っているような、よそいきの顔とはずいぶん違うけれど。

なんだかうれしくなって、唯はそっと頬をゆるめた。

先日発売されたファッション誌にも、脩哉の写真が載っていた。

オーディション三昧《ざんまい》だったこれまでと違い、この頃はクライアントの方から声をかけてくれることも多いのだそうだ。そのせいだろうか、もともとの華やかさに加え、最近では貫禄《かんろく》のようなものも感じる。いい意味で自信が表に現れているのかもしれない。

それでも、家では変わることのないやさしい兄だ。

いつもの味噌汁にさえ「うまい」と言ってくれるような人だから、撮影現場でもこんなふうに周りを和ませているんだろう。

脩兄は、仕事場ではどんな感じなのかな……。

スタジオの様子なんて想像もつかないけれど、きっと眩しい光の中で格好よく笑っているんだろう。家族に見せるのとは別の、モデルとしての顔で。

「あぁ、そうだ」

箸を置きながら、思い出したように脩哉が顔を上げた。

「今日は取材も入ってて遅くなるんだ。夕飯は外で食べてくるよ」

「そうなんだ……。疲れちゃうよね。大丈夫？」

撮影が長引いた時など、時々夜遅くに帰ってくることがある。そんなスケジュールをこなしながら、合間に取材も受けたのではヘトヘトになってしまうだろうに。

思ったことが顔に出ていたのだろう、それを見た脩哉が小さく首をふる。

「大丈夫、心配ない。今日は夕方で終わるんだ」

「でも」

「やりたくてやってる仕事だからな。苦労なんてなにもないよ」

「脩兄……」

ためらいなく言い切る姿が眩しくて、唯はそっと目を細めた。

脩哉がモデルをはじめたのは、高校の頃のスカウトがきっかけだった。

もともと役者を目指していた脩哉は、人目を意識することで舞台の勉強になるならと読者モデルのアルバイトをはじめた。雑誌に出るやたちまち人気となり、大学卒業を機に、本格的な道に進むためファッションモデルに転向した。

傍《はた》から見れば順風満帆《じゅんぷうまんぱん》なキャリアに映るだろう。

けれど、今でこそ軌道に乗りはじめた仕事も、周囲の理解を得られるまでは大変だったと以前話してくれたことがあった。

男のくせにチャラチャラしているとか、見てくれを鼻にかけて調子に乗っているなど、心ない言葉を浴びせられたこともあったのだそうだ。

もちろん、そういったものからは事務所が守ってくれたと聞いたし、罵声《ばせい》を遥《はる》かに上回る応援が寄せられたことも知っている。それでも、もし自分がその立場だったら……と、思うだけで足が竦んでしまいそうになるのだ。

それでも、脩哉は負けなかった。

黙々と仕事に打ちこみ、実力を示すことで周りを納得させた。

――この仕事が本当に好きなんだ。

天職を与えてくれた事務所の社長に感謝していると、少し照れくさそうに打ち明けてくれた時の脩哉の顔が忘れられない。だから唯も、できる限り応援していたいのだ。

「今日のインタビューは雑誌に載るんだよね？　絶対買うから教えてね」

勢いこんで伝えると、脩哉はなぜか苦笑した。

「小遣いが足りなくなるだろう。見本はもらうから、それをやれるぞ」

「いいの。ぼくが買いたいの。脩兄効果で雑誌が売れたら、すごいオファーが来るかもしれないよ」

子供じみたことを言っているかもしれない。大人の事情はそうじゃないかもしれない。

それでも、自分にできることだから。

そう言うと、脩哉は一拍置いてから、ゆっくりと息を吐き出した。

「こんな強力な応援団がいたら、張り切らないわけにはいかないな」

曇りのない満面の笑みに、見ているこちらまで気持ちが晴れ晴れとしてくる。

だから唯も、にっこりと笑い返した。

「楽しみにしてるね。でも、無理はしないで」

「わかってる」

身支度を整えた唯は、玄関まで見送りに来てくれた脩哉をふり返る。

「それじゃ、頑張ってね。脩兄」

「おまえも気をつけてな」

手をふって家を出る。

今日もまた、新しい一日がはじまった。


家から最寄《もよ》り駅までは徒歩十分。

そこから三十分電車に揺られると、唯が通う大学の駅に着く。

あいかわらず朝の電車は混んでいて、摑まるところを探すだけでも一苦労だ。なんとかドア付近の隙間に滑りこんだ唯は、ふう、と息を吐いた。

二駅先に複数の路線が乗り入れる大きな駅がある。ほとんどの人はそこで降りるから、だいぶ立ちやすくなるだろう。

それまでの辛抱《しんぼう》だと思った矢先、なにかが太股《ふともも》のあたりに触れた。

誰かの鞄《かばん》だろうと思っていたものの、何度も触れられているうちにそれがあたたかいことに気づく。

周囲を目で窺《うかが》うと、やけに近いところに男性がひとり立っているのが見えた。

パーカーのフードを目深《まぶか》に被っているので表情まではわからないけれど、どうも息遣いが荒く、熱でもありそうな雰囲気だ。

具合、悪いのかな……？

このまま倒れたらどうしよう。もしかして、摑まるところがなくて困ってるとか？　それなら早く代わってあげないとと後ろを向きかけたその時、今度ははっきりと尻の形をなぞられた。

——っ！

驚きのあまりその場でフリーズしてしまう。

これって、痴漢《ちかん》……なの、かな……？

頭が整理できず、うろうろと目を泳がせることしかできない。

調子に乗った男の手がさらに大胆になり、尻をグイと鷲摑《わしづか》みしてきた時だった。

「具合が悪いのでしたら、私が病院につき添いますが？」

威厳のある声がしたかと思うと、それまで唯を苛《さいな》んでいた手がどこかへいく。

ふり返ると、背の高い人物が男の手首を捻《ひね》り上げたところだった。

「秀兄！」

兄の秀哉だ。

きっちりとスーツを着こみ、ダークブラウンの髪を撫でつけた隙のない格好で対峙している。男を見下ろす目は恐ろしく冷ややかで、弟である唯でさえそれ以上の言葉を呑んだほどだった。

どうやら、かなり怒っているようだ。凪《な》いだ横顔が余計、内に籠《こ》もる怒りを感じさせる。

秀哉は、手が痛いと喚《わめ》いている男に向かって淡々と言い渡した。

「一部始終を見ていましたが、あなたのしたことは犯罪です」

「ふ、ふざけんな。俺がなにをしたって……っ」

「証拠の写真もありますよ。駅に着いたら、一緒に鉄道警察に行きましょうか」

「なっ」

スマートフォンの画面を突きつけられ、男はカッとなったように目を剝《む》く。

けれどそれ以上の悪態《あくたい》をつくより早く、秀哉の襟《えり》に燦然《さんぜん》と輝く弁護士バッジが目に入ったのだろう、男は見る間に青ざめていった。

「す、すみませんでした……！」

さっきまでの威勢はどこへやら。

小さくなって何度も謝罪をくり返す男の処遇について秀哉が目で訊いてくる。このまま警察に連れていくのも、許してやるのもおまえ次第だと言っているのがわかって、唯は迷わず後者を選んだ。

ちょうど接続駅に着いたらしく、電車のドアが開くと同時にたくさんの人が降りてゆく。その波に紛れてホームに降りた男は、ふり返ることなく一目散に駆けていった。

「唯、移ろう」

秀哉から耳打ちされる。

慌てて周囲に目をやると、何人かがこちらの様子をチラチラと窺っているのが見えた。先導してくれる秀哉について隣の車両に移動する。並んでつり革に掴まったところで、ようやく安《あん》堵《ど》のため息が洩れた。

「朝から災難だったな」

こんな時、なんと答えるべきか迷った末に、「うん……」と苦笑する。

歯切れの悪い唯をまだ恐がっていると取ったのか、秀哉はいたわるような眼差《まなざ》しを向けた。

「心配するな。もう大丈夫だ」

……あれ？

その時ふと、妙な既視感《きしかん》に揺さぶられる。

なんだろう。覚えのある、この感じ……。

――泣くな。もう大丈夫だ。

「あ…」

遠い昔にも同じことを言われたのだと思い出した瞬間、記憶は一気に十一年前へとふり戻った。

あれはまだ出会って間もない頃――家族みんなで出かけた時だったろうか。唯はデパートで迷子になったことがあった。

どっちに行ったらいいかもわからず途方に暮れる。見知らぬ大人たちの視線を浴び、心細さのあまり涙がじわっと滲《にじ》んだ時だった。

『唯！』

ふり向くと、秀哉が走ってくるのが見えた。

秀兄ちゃんが、来てくれた……。

頭がそれを理解した瞬間、身体中から力が抜ける。堰《せき》を切ったようにぽろぽろと涙をこぼした唯は、秀哉が身を屈《かが》めてくれるのさえ待てずにズボンにぎゅうっとしがみついた。

『唯』

秀兄ちゃんの声だ。ここにいるんだ。

『勝手にいなくなったらだめだろう』

『んっ、…ぇっ……しゅ、にいっ……ごめ、な……さっ……』

しゃくり上げる唯の頭を秀哉が何度も撫でてくれる。促《うなが》されて顔を上げると秀哉が両腕を広げたのが見えて、唯は迷わず飛びこんだ。

存在を確かめるように、おでこを何度も何度も擦りつける。

『あぁ、泣くな。もう大丈夫だ』

『ん、……んっ』

背中を撫でてもらっているうちに気持ちは楽になったものの、それでもなかなか嗚咽《おえつ》は治まらず、秀哉が手をつないでくれても涙は止まらなかった。

『まったく、気の弱いやつだな』

苦笑した秀哉がこちらに背を向ける格好で目の前にしゃがむ。『ほら』と言われてそろそろと肩に手をかけると、待ち構えたように背負い上げられた。

ぐんと高くなった目線に唯は目を丸くする。秀哉の歩幅に合わせて周囲の景色がどんどん流れていくのはとても新鮮だった。

買い物客たちが、なにかあったのかというようにこちらを見る。

けれど秀哉はそんなことなどお構いなしに、唯を両親の待つ迷子受付へと運んでくれた。

大きくて、あたたかい背中。支えてくれる逞《たくま》しい腕。

そしてなにより、自分を助けてくれたこと——。

秀哉が本物のヒーローに見えた。どんなことがあっても彼がいてくれれば大丈夫だと思った。

その気持ちは今でも変わっていない。唯にとって秀哉は、一緒にいて心から安心できる、かけがえのない存在なのだ。

「どうした。他にもなにかされたのか」

「ううん」

気遣わしげな眼差しに小さく首をふりながら、あらためて秀哉を見上げた。

秀でた額に高い鼻梁《びりょう》。意志の強さを表す眉の下には、多少のことには動じない涼やかな双眸《そうぼう》がある。

深い教養と知性が滲む面差しからは落ち着いた大人の雰囲気が漂っていた。

なまじ容姿が整っているだけに、黙っていると恐がられたり、冷たい人だと勝手な誤解を受けるそうだけれど、自分はちゃんと知っている。彼がどれだけ家族思いでやさしい人かということを。

小さい頃からもう何度、こうして助けてもらっただろう。

「秀兄が乗り合わせてくれてよかった。ありがとう」

そう言うと、秀哉は少しだけ眉を寄せてから、口端を片方持ち上げた。ニヒルにも見えるその笑い方は昔からの彼の癖だ。

あらためて、もう大丈夫なんだなぁとほっとする。

「それにしても、男なのに襲う人っているんだね」

なにげなく呟いた途端、秀哉からおだやかな気配が消えた。

「男なら襲われないとでも思っていたんじゃないだろうな」

「え？」

「世の中にはいろんな人間がいるんだ。おまえには危機感が足りない。もっと注意しろといつも言っているだろう」

「えっと……う、うん」

慌ててこくこくと頷く。

それを見た秀哉は、「まったく……」と思いきり顔を顰《しか》めた。

「少しは人の心労も考えろ。どこの誰ともわからんやつに弟が襲われる姿なんて見たくないんだ」

「秀兄？」

そんなふうに言われたのははじめてかもしれない。

首を傾げる唯に、秀哉は嘆息《たんそく》でなにかを押し流すと、不意に真剣な顔を向けた。

「人を疑わないのはおまえのいいところだが、裏を返せば欺《だま》されやすい。なにか事が起きてからじゃ、おまえだけでなく周りの人間も悲しむんだ。だから忘れないでくれ」

噛み締めるような口調から兄の思いが伝わってくる。

秀兄、そこまで心配してくれてたんだ……。

思っていた以上に大切にされていたことを知り、胸がじんわりとあたたかくなった。

「心配させてごめん。気をつけるね」

「あぁ。そうしてくれると助かる」

まっすぐ見上げる唯に、秀哉は大人びた顔で微笑む。そんな彼の胸のバッジが窓からの光を受けてきらりと光った。

秀哉の職業は弁護士だ。

その昔、ひとりの弁護士と出会ったことがきっかけで、自らも法の道を志したのだと教えてくれたことがあった。優秀な彼は大学在学中に予備試験に合格し、その後も最短ルートで資格を取ったと聞いている。

詳しいことはわからないけれど、それがどれほど難しいのかは唯にも理解できる。夢を叶えるために秀哉がどれだけ努力してきたのかも。

今や、憧れの先輩弁護士の下で日々研鑽《けんさん》を積んでいる彼のことだ。事務所を訪れた人々の相談にも親身に耳を傾けているんだろう。

秀兄なら、絶対助けてくれるもんね。

自分のことのように誇らしくなる。うれしくなってこっそり頬をゆるめていると、それを見つけた秀哉が眉間《みけん》に皺《しわ》を寄せた。

「まったく無防備な顔をして……」

危なっかしいやつだと言いたいのかもしれない。

「秀兄と一緒にいるから大丈夫だよ」

そう言うと、秀哉はさらに難しい顔になった。

なにかを逡巡《しゅんじゅん》していたかと思ったら、今度はやけに重いため息をつく。

「やはり、さっきの男は捕まえておくべきだった」

「え？」

「もしまた唯になにかしたら、今度はただじゃ済まさないからな」

お、怒ってる…………。

静かに怒りを再燃させる横顔を見上げながら、唯はごくりと喉を鳴らした。

秀哉が本気で立ち回ったらいったいどんな報復になるのか、考えただけでもちょっと恐い。とにかく気をつけなくちゃと唯は心の中で誓った。

電車がゆっくりと減速をはじめる。

見慣れた車窓の風景に、自分が降りる駅に着いたのだとわかって、唯は鞄を持ち直した。

「それじゃ、秀兄。先に降りるね」

「あぁ」

大学の最寄り駅だけあって、同世代の若者たちが一斉に降車をはじめる。その流れに乗ってホームに降りた唯は、「いってらっしゃい」のつもりで小さく手をふった。

同じ電車に乗り合わせた時は、いつもこんなふうにして別れる。

今日ものんびりと見送るつもりだったのだけれど、ドアが閉まるという段になってから、ふと大切なことを思い出した。

「そうだ、週末！」

秀兄が家に来るって言ってたんだっけ。

せっかく会えたんだからそのことを話せばよかったのに、すっかり忘れていた。

鳴り響く発車のメロディに負けまいと、唯はとっさに口元に両手を添える。

「秀兄。週末、会えるの楽しみにしてるから！」

言い終わると同時に扉が閉まった電車は、なんとも形容しがたい顔の秀哉を乗せてゆっくりと走り出していった。

どうしたんだろう。聞こえなかったのかな？

首を傾げる唯の耳にメールの受信音が届く。スマートフォンを取り出すと、今まさに秀哉からの短いメッセージが届いたところだった。

「あ……」

どうやら、自分の声は注目を浴びるほどよく通っていたらしい。仲のいい兄弟だと周囲に囁《ささや》かれてしまったようで、きっと今頃、秀哉はいたたまれない思いでいるだろう。

「……ご、ごめんっ」

なんだかこっちまで気恥ずかしくなってくる。

時間差の照れ笑いをごまかしつつ、ホームの端に寄って返事を打った。

「その分、秀兄の好きなものたくさん作って待ってるね、と」

ポンと送信ボタンを押せば完了だ。

こう言ったからには、腕によりをかけておいしいものを作らなくては。

「楽しみだなぁ……って、あれ？　もうこんな時間？」

画面の時計は、あと二十分で講義がはじまると告げている。

「わわっ」

慌ててスマホを鞄にしまい、ホームを駆け出す。

勤勉な秀哉を見習ってまずは学生の本分、勉強をしっかり頑張らねば。

足早に改札を抜けると、唯はいつもの道を大学に向かって歩きはじめた。

＊

タタン、タタン……。

規則正しい枕木《まくらぎ》の音が心地いい。

都心に向かう電車は空席だらけで、いつもの混雑が嘘のようだった。

午後五時を回ったというのに外は明るく、昼の暑さの名残《なごり》を留めている。沿線の木々はどれも揚々《ようよう》と枝を張り、夏の到来を今か今かと待ち侘《わ》びているように見えた。

あと数日もすれば、大学は夏休みに入る。

その間も実習だ、レポートだとやることはたくさんあるけれど、時間はだいぶ自由になる。来年には本格的に就職活動がはじまるだろうから、思い切り遊べるのは今年が最後だ。

「なにしようかなぁ」

小さな頃から、夏休みといえば毎日がイベントだった。

家族で海に行ったり、庭でバーベキューをしたりしたこともある。観察日記をつけている最中に朝顔を枯らしてしまって途方に暮れたこと、自由工作を忘れていて兄たちに手伝ってもらったことなど、思い出すたびに赤面してしまう失敗も含めて、楽しい夏の思い出だった。

休みになれば朝の電車こそ乗らなくなるものの、秀哉の都合に合わせて会うことができる。最近特に忙しくなってきた脩哉のケアも、もっとマメにしてあげられる。

たとえば、今日みたいに——。

唯が向かっているのは都内の撮影スタジオだ。いつか覗いてみたいと思っていた脩哉の仕事場に赴《おもむ》くことになったのは、一昨日のなにげない会話がきっかけだった。

「……脩兄、もしかしてちょっと痩《や》せた？」

時刻はもうすぐ日付を跨《また》ごうとする頃。

帰ってきた脩哉を出迎えた唯は、なんとなく、いつもと様子が違うことに首を傾げた。

このところ早朝ロケが続いており、朝食も摂らずに出かけていくことがままある。夕飯も外で食べているとは聞いていたけれど、心なしか顔色があまり優れないように見えて気になったのだ。

「お仕事忙しそうだもんね。ちゃんと食べてる？」

「仕出し弁当が出るから大丈夫だ。……まぁ、三日もすると飽きるけどな」

脩哉が小さく肩を竦めた。

「こういう時、舌が肥えてるのも困りものなんだよな。おまえが作った方が断然うまいから無意識についつい比べてしまう」

「ぼっ、ぼくのなんて普通のご飯だよ。すごいものなんて作ってないよ」

「それがいいんだ。唯が作ってくれたものは食べるとほっとするし、ちゃんと自分の栄養になってるのがわかる。この間の筑前煮《ちくぜんに》もすごくうまかった。だし巻き卵だっておまえのが一番だと思うし、南蛮漬《なんばんづ》けも、炊きこみご飯も……」

「も、もういいよ。ありがとう」

そんなに手放しに褒められるとかえって照れてしまう。昔からの癖で上目遣いにチラと見上げると、脩哉は肩の力が抜けたおだやかな顔で笑っていた。

もともと太りにくい体質の脩哉は、モデルでありながらよく食べる。スタイルを維持するために身体を鍛《きた》えていることもあってか、運動すると腹が減るとばかりに食事量は家族の中でもダントツだ。

そんな兄だから、唯も作りがいがあった。

「一日一回は、やっぱり唯の手料理が食べたいよな」

それを聞いて、唯は顔を上げる。

「よかったら、お弁当作ろうか？」

「弁当？」

「うん。それならお昼に食べられるかと思って」

自分にできるのは料理くらいだけれど、それが脩兄の役に立つならうれしい。

そう言うと、脩哉は満面の笑みで応《こた》えた。

「それなら、一度スタジオに届けに来てくれないか？」

「え？　スタジオって、脩兄の仕事場ってこと？」

ぼくが入ってもいいのかな……？

思いがけないリクエストに、ぱちぱちと瞬きしながら脩哉を見上げる。

けれどそうしているうちに、カメラに向き合った時の彼はどんなふうだろうと興味が湧《わ》いた。脩哉の働く姿を間近にできるなんて滅多にないことかもしれない。

「じゃあ、思い切ってお邪魔するね」

「ありがとう。今から楽しみだ」

そんなやり取りをしたのが、つい一昨日のこと。

唯は膝に置いたトートバッグを見下ろす。中に入っているのは脩哉の好物を詰めた特製のお弁当だ。家族でお花見をする時用の二段重ねのお重箱を使っている。

「たくさん食べてくれるといいなぁ」

いつも脩哉が自分にしてくれるようにやさしく包みを一撫でした。

脩兄がよろこんでくれますように……。

電車がゆっくり減速をはじめる。顔を上げると、窓の向こうに目的地の駅名が見えた。着いたのだ。

はじめて降りる駅なのでちょっと緊張してしまう。

ドキドキしながら東口を出、あらかじめ教わったとおりすぐ左手にある高架《こうか》を潜《くぐ》った。五叉路《ごさろ》になっている長い坂を下った後は横断歩道を渡って右へ。それから一ブロック先を左手に折れる。

三階建てほどのビルが建ち並ぶ一角に、目当ての建物はあった。

「ここ、かな？」

立ち止まって上を見上げる。

外壁を覆う、重厚感のある黒い御影石《みかげいし》。『Studio D2』と彫られたシルバーのプレートがシックで落ち着いた雰囲気によく合っていた。

「こういうところで撮影してるんだ……」

気後《きおく》れしそうになるのをなんとか飲みこみ、恐る恐るドアに手をかける。

中はすぐ受付になっていて、手続きが済むや、ネームホルダー型の入館許可証を手渡された。建物内にいる間は必ず身につけるように言われ、唯は許可証を首から下げる。コンクリート打ちっ放しの廊下を進んでいくと、やがて重そうな黒い扉に突き当たった。

この向こうで、脩兄が働いてるんだ……。

気持ちを落ち着けるためにゆっくりと深呼吸をする。

思い切ってドアを引くと、淡いピンクのシャツを着た男性がぱっとこちらをふり返った。

「あ、こんにちは」

――――え？

まるで来ることを知っていたかのように自然に会釈《えしゃく》され、驚いて目をぱちくりしてしまう。

けれどすぐに我に返って、唯はぺこりと頭を下げた。

「あの、突然お邪魔します。ぼく、高階脩哉の……」

「ええ、聞いてますよ。弟さんですよね」

首を傾けて男性が微笑む。そんな仕草がやわらかな雰囲気の彼によく似合っていた。

「脩哉くんのマネージャーの、桜井《さくらい》です」

「はじめまして。高階唯といいます」

桜井はさっそく「どうぞどうぞ」と唯を招き入れてくれる。

一歩足を踏み入れるなり、セットや撮影機材が目に飛びこんできた。

「わ、ぁ……」

これが撮影現場なんだ……！

フラッシュヘッドから放たれる眩い光が、白いパラソルに反射して被写体を美しく浮かび上がらせている。モデルの周囲をたくさんの機材が取り囲み、さらにその周りをスタッフが行き交《か》っていた。

こういうのをスチール撮影というのだと聞いたことがある。

ストロボを浴びながらポーズを決めているのが脩哉だとわかってドキッとなった。

クリスマスシーズンに展開する広告なのだろう。降り注ぐ人工雪の中、上質そうなグレーのコートに身を包んでいる。いくら空調が効いているとはいえライトの真下は暑いだろうに、そんな辛さなど微塵《みじん》も感じさせずに脩哉は集中していた。

脩兄、すごい……。

よく知っているはずなのに脩哉がいつもと違って見える。どこか官能的な香りさえ漂わせる表情ははじめて目にするもので、無意識のうちに見入ってしまった。

「脩哉くん、いいでしょう」

すぐ隣から小声で桜井に話しかけられ、唯は何度もこくこく頷く。

それを見た桜井は「これは内緒なんですけど」と言いつつ肩を竦めた。

「今日あなたが――唯さんが来てくれるんだって、脩哉くんすごく楽しみにしてたんですよ。あんなにいい顔してるってことは、疲れも吹き飛んじゃったみたいですね」

「そ、そうなんですか」

なんだか恥ずかしくなって脩哉の方に目を戻す。

ちょうど撮影が一段落したところのようで、重いコートを脱いだ彼がスタッフの間を縫ってこちらに歩いてくるのが見えた。

「唯」

「お疲れさま。差し入れに来たよ」

トートバッグを掲げてみせる。

「ありがとう。重かったろう」

受け取った脩哉は中を覗きこみ、二段重が入っていることに目を丸くした。

「ずいぶんたくさん作ってくれたんだな。朝から撮影頑張ったかいがあった」

桜井が隣で小さく噴き出す。

すっかりいつもの顔に戻った脩哉から、「早く食べよう」と隣の控え室に誘われた。休憩は皆一緒にここで取るらしく、食事をする時も利用するのだそうだ。

「これは豪華だな」

重箱の蓋《ふた》を開けるなり、脩哉がうれしそうに目を細めた。

撮影の間に摘《つ》まめるようにと、一段目には小ぶりのおにぎりを詰めている。

中に梅を入れたものは海苔《のり》でくるみ、肉味噌を詰めたものは焼きおにぎりにしてから大葉《おおば》で巻いた。焼いた塩鮭《しおざけ》を解《ほぐ》し、三つ葉と白ごまを混ぜたものは薄焼き卵で茶巾《ちゃきん》絞りにしている。

二段目には脩哉の好きなおかずを入れた。

ひじきを混ぜたおからハンバーグに、枝豆《えだまめ》と人参《にんじん》を入れたカラフルな三色卵焼き。筑前煮もお弁当には欠かせないメニューだ。その他にも鶏肉の野菜巻きや青菜のナムル、叩き牛蒡《ごぼう》など、スペースが許す限りあれこれと詰めた。

「すごいな。食べきれないくらいだ」

「つ、作りすぎちゃったかな」

ちょっと張りきりすぎたかもしれない。

迷惑だったかなと謝ると、脩哉はいつもの笑顔で首をふった。

「まさか。うれしいに決まってる」

その言葉にほっと胸を撫で下ろしていると、後から部屋に入ってきたモデルたちが興味津々《しんしん》の顔で覗きこんできた。

「わー、すごいすごい。おいしそう！」

「脩哉の弟さん？　お弁当作ってきてくれたんだ。お料理上手なんだねぇ」

あっという間に見目麗《みめうるわ》しい集団に囲まれる。

あまりの眩しさに軽い眩暈《めまい》を覚えながら、唯は思い切って口を開いた。

「あの……たくさん作ってきたので、皆さんもよかったら……」

「いいんですか？　ほんとに？」

「脩哉、俺も食っていい？」

期待の籠もった眼差しに脩哉が応えた途端、「おおっ」という歓声が上がる。

唯が箸や取り皿を配っていると、スタジオにまで声が聞こえたのか、桜井がひょいと顔を覗かせた。

「こっちはずいぶんにぎやかですね」

輪の中心にいた脩哉がマネージャーを手招きする。

「桜井さんも一緒にどう？」

「僕までよばれていいんですか」

柔和《にゅうわ》な笑みを浮かべながら近寄ってきた桜井は、重箱を覗きこむなり、ぱっと顔を綻ばせた。

「わぁ、綺麗ですね。ありがたくお仲間に入れていただきます」

「そうこなくちゃ」

得意げに口端を上げた脩哉が好物の筑前煮に箸を伸ばす。

唯はそれを緊張とともに見守った。何度も味見はしたけれど、おいしいと思ってもらえるかどうかは食べてもらわないとわからない。

「……うん。うまい」

「よかった」

そんなふたりのやり取りを見ていた周囲の面々も、さっそくお重をつつきはじめた。

「このおにぎり、香ばしくてすごくおいしい。味噌と大葉って合うんだねぇ」

「卵焼きもだしが効いてておいしいです。ハンバーグも具だくさんで食感もいいし」

「野菜が多めなのもうれしいよね。こんな弟がいるなんて、脩哉はいいなぁ」

次々に飛び出す褒め言葉が自分にはもったいないほどだ。それでも、脩哉が「よかったな」と目で言ってくれているように見えて、少しほっとしながら唯はお茶のおかわりを注いで回った。

この分なら、お重箱はあっという間に空《から》になるだろう。撮影の合間の気分転換と腹拵えに少しでも役に立てたならなによりだ。

「どうぞ」

少し離れたところに座っていた男性モデルにもお茶を差し出す。

脩哉の先輩だというその人は、「ありがとう」と笑顔でそれを受け取った。

「おいしくいただいてるよ。俺までお相伴《しょうばん》に与《あずか》れてラッキーだった」

本当はもっと早く上がる予定だったのが、撮影が押したせいでたまたま残っていたのだという。

「たまにはこんないいことでもないとね」

「お忙しいんですね」

「脩哉ほどじゃないさ」

世良《せら》と名乗った男性は、チラと脩哉の方を見ながら肩を竦める。

「食事、いつもきみが作ってるの？」

「はい。だいたいは」

「偉いね。料理は趣味？　プロの料理人を目指してるとか？」

「あ、いえ。昔から好きなんです」

話している間もじっと見つめられ、なんだかちょっと落ち着かなくなってくる。

気がつくと、さっきまで仲間と話していたはずの脩哉が隣に立っていた。

「世良さん、唯は大学の栄養学科に通ってるんですよ。将来は管理栄養士になるんだもんな？」

「本格的だね。納得したよ」

「いえ、そんな……。勉強してるだけです」

得意げに語る兄を慌てて目で制す。

それまで興味深そうにやり取りを見守っていた桜井が、ふと、なにか思いついたように口を開いた。

「唯さん、お弁当作るの好きですか？」

「え……？　あ、はい」

突然の質問に、一瞬遅れてこくんと頷く。

「またこのぐらいの量を作るとしたら、負担にはなりませんか？」

「料理は好きなので大丈夫です。それに、もうすぐ夏休みなので……」

時間なら自由になるし、作ってみたいメニューもたくさんある。お弁当が傷《いた》まないようにする工夫を実地で学ぶいい機会にもなるだろう。

それにしても、いったいなんだろう……？

首を傾げる唯を前に、顎に手を当てた桜井の方が考えこむようなポーズになる。

「栄養学科の学生さんと伺《うかが》って、ご相談できればと思いついたことがありまして……。あ、もちろん無理にとは言いません」

一拍《いっぱく》置いた桜井は、なぜかはにかむように細い首を傾けた。

「今回に限らず、撮影中はお弁当の手配をしないといけないわけなんですが……なにせ飽きるんです。脩哉くんから聞かれていると思いますけど」

「えっと……そう、なんですか？」

せっかく手配してくれている人の前ではっきり「そうみたいですね」とも言えず、言葉を濁《にご》す。

桜井は気を悪くした様子もなく、むしろ前傾姿勢で言葉を継いだ。

「それで、唯さんさえよければ、都合のつく時だけでもいいのでケータリングしてもらえませんか？　もちろん実費の他に、アルバイトとしてちゃんとお給料をお支払いしますから」

「……え？」

アルバイト？

ケータリング？

それって、今日みたいにお弁当を届けるってことかな……？

思いがけない提案にぽかんとなった。

桜井を見、脩哉を見、もう一度桜井に視線を戻して想像が正しかったことを理解する。周囲のモデルたちも驚いた様子で一斉に桜井を見つめる中、唯はおずおずと口を開いた。

「あの……そう言っていただけてうれしいんですが、ぼく、すごい料理は作れないです。これぐらいと言ったら食べてくださったのに申し訳ないんですけど、仕出しみたいな立派なものはとても……」

自分では力不足すぎると思う。

けれど、それを聞いても桜井はにこにこするだけだった。

「唯さんのお弁当、とてもおいしかったです。愛情が籠もっていてほっとしました。ね？」

桜井が皆の顔を見回す。

すると、ようやく事態を把握したらしいモデルたちが「そうだ」とばかりに頷いたり、中には空の皿を示す人もいて、逆に唯の方が驚かされてしまった。

「本当ですか？　あの……本当に？　気を遣ってませんか？」

今度は一斉に横に首がふられる。

「この仕事を理解してくれる方に作ってもらえると心強いのですが、いかがでしょう？　アレルギーのあるメンバーはいませんから、その点もどうぞご安心を」

さらに背中を一押しされ、思わず脩哉の顔を見上げた。

お弁当を作ろうかと言っただけであんなに元気になったぐらいだ。また持ってきたら、またよろこんでくれるかもしれない。これまで以上に役に立てるかもしれない。

「脩兄。ぼく、やってもいいかな」

思い切って訊《たず》ねると、脩哉は「もちろんだ」とばかりに頷いた。

それを見た桜井が、ぱっと顔を輝かせる。

「ありがとうございます、唯さん。これからよろしくお願いします」

「こちらこそ。あの……頑張ります」

握手に応える後ろで、モデルたちからも拍手が起こる。

これから、新しいことがはじまるんだ――。

照れくささに頰を染めながら、唯は歓迎ムードに胸を高鳴らせた。

次の日から、現場に通う日々がはじまった。

いつものスタジオに行くこともあれば、ロケ先にお弁当を届けることもある。

はじめのうちは緊張でかたくなっていた唯も、スタッフやモデルたちと顔を合わせるうちに少しずつ現場の雰囲気に馴染んでいった。

カメラマンや衣装スタッフとは基本的に話す機会はなかったが、顔を覚えてくれたらしく、挨拶し合えるようになった。

モデルたちからは年の離れた弟のようにかわいがってもらっている。唯が現場に顔を出すと「おいでおいで」と手招きしてくれたり、「いつもおいしいご飯をありがとう」と言ってコーヒーをご馳走《ちそう》してくれることもあった。

脩哉はお弁当の効果か、すこぶる調子がいいらしい。顔を合わせるたびに桜井に「唯さんのおかげで助かってます」と言われると、お世辞でもうれしかった。

手作りのお弁当を届けるなんて些細《ささい》なことかもしれないけれど、自分が仕事の面で兄を支えることができるなんてこれまで想像したこともなかった。

フラッシュの中で微笑む脩哉を見るたび、誇らしい気持ちになる。

だからだろうか、ついつい見入ってしまい、周囲から「お兄ちゃん子なんだな」とからかわれては赤面するのがいつものパターンだ。脩哉のモデル仲間は皆やさしく、そんなふうに気さくに話しかけてくれたので、唯が現場でポツンとなることはなかった。

特に気にかけてくれたのが世良だ。

「唯くん」

後ろから呼ばれてふり返ると、まさに件の人物が立っていた。

「あ、世良さん。おはようございます」

時計の針は間もなく十三時を回ろうというところだが、この業界では何時だろうとこの挨拶なのだと教わり、慣れないながらも真似《まね》している。

ぺこりと頭を下げると、世良は微笑《びしょう》でそれに応えた。

こうして見ると、本当に雰囲気のある人だ。

ウェーブがかった黒髪は濡れたように艶《つや》やかで、浅黒い肌に映《は》え、官能的な雰囲気を漂わせている。黒い宝石のような瞳、彫りの深い貌《かお》立ちが彼をどこかエキゾチックに見せた。

四分の一ほど中東の血が入っていると聞いたことがある。体格がよく、隔世《かくせい》遺伝なのか貌立ちも日本人離れしていて、世良はどこにいても人目を引いた。

「そんなにじっと見て……。おもしろい顔でもしてたかい？」

「え？　あっ、すみません」

不躾《ぶしつけ》だったことを詫びると、世良は気を悪くした様子もなく、むしろ楽しそうに笑みを濃くする。

「いつもそうやって脩哉を見てるね。モデルをしてる時の彼が好き？」

「はい」

　今度はためらいなく、こくりと頷いた。

「あんなふうに眩しい世界で、たくさんの人と一緒に創り上げているんだって、ここに来てはじめて知りました。……うまく言えないんですけど、本当にモデルなんだなぁって思ったら、うれしくて」

「あはは。本当にモデル、か。脩哉は読者モデルだってやってたのに」

「いつも雑誌で見てたのに不思議ですよね。でも、現場に立って、あらためてそのすごさを実感したんです。自分だったら雰囲気に呑《の》まれて、笑うなんてとてもできないだろうから」

　素人《しろうと》の目線で語るなんておこがましいとわかっているけれど、これが今の素直な気持ちだ。

　意外なことに、世良は「わかるよ」と小さく頷いた。

「俺もはじめてスタジオに入った時、これが現場かって圧倒された」

「世良さんでも……？」

　同じ感覚だったと聞いて、思わず瞬きをくり返す。

　世良は昔を懐かしむようにふっと遠い目になった。

「俺は脩哉と違って事務所のオーディションでこの世界に入ったから、下積み経験も実績もないんだ。無名の新人が仕事を取るのは難しかったし、実際いろんなことを言われたよ。それでも、やるからには一番じゃないと意味がないと思ってやってきた。他のなにを置いてもね」

　漆黒《しっこく》の双眸に力が籠もる。

　彼もまた、脩哉とは別の悩みを抱えながらストイックに上を目指しているのだ。

他のモデルたちも口にこそ出さないけれど同じ思いでいるだろう。そしてその家族や恋人たちも、自分と同じような気持ちを抱いているに違いない。

「ずっと、兄の頑張る背中を見ていたんです。だからお仕事の成果が出るたびに、努力が報われたようでうれしくて……」

「脩哉は順調だよ。社長が今度、ドラマに推《お》したいって話してたくらいだからね」

「ドラマに？」

それは初耳だ。脩兄もそんなことは言ってなかったのに。

目を丸くする唯に、世良は内緒話をするように人差し指を唇に当てた。

「これはまだ誰にも言っちゃだめだよ。唯くんと俺だけの秘密だ」

近いうちに正式発表されるだろうからと口止めされ、素直に頷く。こういうことはきっといろいろ段取りがあるに違いない。

「それにしても脩兄、すごいなぁ……」

着実に成功の階段を昇っていく兄が自分のことのように誇らしい。

そう言うと、世良はニヤリと口端を上げた。

「脩哉ほど期待されてるやつなんて滅多にいないよ。昇り調子でうらやましいくらいだ」

その表情に少しだけ引っかかりを覚える。

けれど違和感を確かめるより早く、世良がさっと話題を変えた。

「仕事が忙しくなるのはうれしいことだけど、息抜きができなくなりがちだよね。脩哉は真面目《まじめ》だし、彼女がいるって話も聞かないし……」

「彼女？」

思わずオウム返しにくり返す。

そっか……脩兄に彼女がいてもおかしくないんだよね……。

今まで一度もそんな話をしたことがなかった。それ以前に、考えたこともなかったのだ。

そう言うと、世良は不思議そうに首を傾げた。

「兄弟で恋愛の話はしない？」

「そう、ですね……。えと、普通はするんですか？」

「するんじゃないか？　親には訊けないようなこと、兄貴からイロイロ教わるだろ？」

少し低くなった声に一瞬ドキリとしたものの、「えーと……？」と首を捻っていると、世良は一拍置いてから噴き出した。

「きみは今時珍しいくらい純粋無垢《むく》だな。いっそ気持ちがいいくらいだ」

「そ、そうでしょうか……」

褒められているのか、からかわれているのか、ますますよくわからない。

顔を赤らめる唯を見て、世良はさらに笑みを濃くした。

「脩哉が大事にするのがわかるよ」

「ぼくも、兄のために頑張れたらって思います」

応援だけじゃなく、役に立つことはなんでもしたい。少しでも傍《そば》で見ていたい。

そんな気持ちが伝わったのだろう。世良がゆっくりと頷いた。

「本当に仲がいい兄弟なんだな。唯くんの気持ちは俺も応援したいから、困ったことがあったらなんでも気軽に言っておいで」

「いいんですか？」

彼から見れば、自分はただのモデル仲間の弟でしかないのに、そんなふうに言ってくれるなんて。

勢いこんで訊ねる唯に、世良は「もちろん」と大きく頷いた。

「本人に訊けないようなこともあるかもしれないしね。相談先は多いに越したことないだろ？」

「ありがとうございます。そう言ってもらえて心強いです」

力になってくれるという世良の善意に応えるためにも、もっともっと頑張らなくては。

顔を見合わせ、微笑み合いながら、唯はあらためて心に誓うのだった。

＊

ケータリングをはじめて、そろそろ十日が経とうとしていた。

この頃には各自の好物もわかってきて、今度は誰の好きなものを作っていこうかと考えるのも楽しい。目の前で食べているところを見られなくとも、次に会った時の「おいしかったよ」の一言が唯には充分なご褒美《ほうび》だった。

トートバックを手に、足取りも軽く駅に向かう。こらえているつもりでも自然と頬がゆるんだ。

今日はピーマンやいんげんなど、緑の夏野菜をふんだんに使ったカレーピラフを持っていった。

これがうれしいことに好評で、ターメリックの香りに食欲を刺激されたのか、今までにないスピードで空になる重箱を前に桜井と顔を見合わせたほどだ。「おかわり！」の声がかかったのもはじめてだった。

「すごい食べっぷりだったなぁ」

思い出しただけでも笑ってしまう。

やっぱり夏はカレーだよね、とひとり頷いていると、不意に聞き覚えのある声に名前を呼ばれた。

「唯」

ふり返った途端、思いがけない偶然に「わぁ」と声が出る。

「秀兄。こんなところで会うなんて珍しいね」

「近くで打ち合わせがあってな。それより、おまえこそどうした。実習があるとは言っていたが」

「ううん。今日は違うよ」

お弁当の差し入れに……と言いかけて、秀哉にはまだケータリングのことを話していなかったと気がついた。どうりで実習かと訊くわけだ。実習中はいつも大荷物を抱えて大学と家とを往復していたのを覚えていてくれたんだろう。

怪訝《けげん》な顔でトートバックを見下ろす秀哉に、唯はにっこりと笑いかけた。

「秀兄、ちょっとだけ時間ある?」

話せば長くなりそうだからと近くの喫茶店に兄を誘う。

「今か?」

急な話に秀哉は眉を寄せたものの、やがて小さく嘆息した。スーツの内ポケットからスマートフォンを取り出し、なにやら操作した後であらためて唯に向き直る。

「で、どこに行くんだ」

「いいの?」

「次の打ち合わせまで一時間ある。その間に書類をまとめようと思っていたが、戻ってからでもなんとかなる」

その旨《むね》を事務所にメールしたのだと聞いて、唯は慌てて胸の前で両手をふった。

「邪魔してごめん。それだったら、後で電話でも……」

「そうしたくないから誘ったんだろう。おまえが我儘《わがまま》を言うのは珍しいから、特別だ」

「秀兄……」

普段は厳しい人だけれど、こんな時はやっぱりやさしい。

うれしくなって「えへへ」と笑うと、秀哉はなぜか決まり悪そうにそっぽを向いた。

……もしかして、ちょっと照れてる？

なんだかこっちまでそわそわしてしまう。そんなところも彼らしくて好きだと言ったら、さらに渋い顔をするんだろうけれど。

含み笑いをこらえながら、唯は先に立ってカフェに入る。

カウンターで飲みものを注文してから席に座るセルフサービスのチェーン店だ。店内はほどよく空調が効いていて、焙煎《ばいせん》したてのコーヒー豆の香りで満たされていた。

「うーん。いい匂い……」

深呼吸するだけでなんともしあわせな気分になる。

吸って吐いてをくり返す唯に、隣にいた秀哉が苦笑しながらメニューを指した。

「ほら、どれがいいんだ」

「え？　大丈夫だよ。自分の分はちゃんと自分で……」

鞄から財布《さいふ》を取り出そうとした途端、手で制される。

「そういうのは自分で稼いでからにしろ」

小遣いをやりくりする弟に払わせるわけにはいかないとばかり、秀哉はさっさと店員にオーダーを告げた。

「ブラックとソイラテ、両方アイスで」

そう言ってからこちらをふり返る。

「合ってるか？」

「ぼくがソイラテ好きだって、なんでわかったの？」

ふたりだけでカフェに来たことなんてないはずなのに。

けれど秀哉はそれには答えず、口端を上げて笑うばかりだ。

きっと、どこかで唯が頼んだのを見て、覚えていてくれたんだろう。彼の記憶力には昔から驚かされてばかりだ。

秀哉が黒い長財布をしまうのを見るともなしに見ていた唯は、ふと、既視感を覚えて首を傾げた。

あのお財布、どこかで……？

なんとなく気になってじっと見つめていると、視線に気づいた秀哉がもう一度財布を取り出してみせた。

「就職祝いに、おまえからもらったものだ」

「あ、そっか」

瞬《またた》く間に当時の気持ちが甦る。

弁護士になるために、秀哉が毎晩遅くまで頑張っていたのをずっと見てきた。いつ夜食を差し入れても机に向かっていたのを覚えている。

そんな兄が夢を叶えたお祝いに、おめでとうの気持ちを伝えたくて選んだのが財布だった。月並みだけれど毎日使うものだし、貯めておいたお年玉とやりくりしたお小遣いを合わせれば、唯でもなんとか手が届いた。

秀哉はどんなデザインが好きそうか、リサーチするのも楽しかった。就職と同時に靴《くつ》や鞄、ベルトといった革製品と色を合わせる人もいると聞き、あれこれ悩んだのもいい思い出だ。

「使ってくれてるんだね」

プレゼントしてもう四年になるだろうか。しっくりと手に馴染み、風合いを増した財布は一目で大切にされているのだとわかった。

秀哉はまるで宝物のようにそっと財布の表を撫でる。

「おまえが就職する時には、俺が買ってやる」

「ありがとう。でも、その気持ちだけでうれしいよ」

「人を甲斐性《かいしょう》無しにさせる気か。年上の言うことには黙って甘えておけ」

ダークブラウンの目に艶が混ざったような気がして、ドキッとなる。

ついつい見とれていた唯だったが、続く秀哉の言葉にすぐさま現実へと引き戻された。

「だが就職の前に、まずは就職活動だな」

「う……。そうなんだよねぇ。今はまだ大学の説明会だけだからいいけど、そのうちインターンとか、ＯＢ訪問とか、いろいろはじまるって言ってた」

どんなスーツを着ていけばいいのかすら、見当もつかない。

さっそく弱音を吐く唯に、秀哉は大袈裟にため息をついてみせた。

「なんのために俺がいると思ってるんだ」

「秀兄？」

「こういう時ぐらい頼ればいいだろう。スーツ選びならいくらでも相談に乗ってやる。おかしな小物を合わせないように、その時は一式揃えてやるから覚悟しておけ」

「さすがは秀兄、頼りになります」

懸案《けんあん》事項が一気に吹き飛ぶ。いかなる時でもカッチリとスーツを着こなす秀哉が選んでくれるなら、まず間違いないだろう。

「秀兄がいてくれてよかった」

ほっとして笑うと、秀哉もまた珍しく頬をゆるめた。

そこへ、ちょうどいいタイミングでドリンクが手渡される。片方はブラック、そしてもう片方は唯の好きなソイラテだ。こちらには蜂蜜《はちみつ》を垂《た》らすのも忘れない。

店の奥に移動したふたりはソファで向かい合った。

適度に混み合った店内に、人々の話し声が音楽と混じり合って心地いい。おいしいコーヒーを一口飲むなり、唯はさっそく近況を報告した。

「秀兄にはまだ話してなかったんだけどね、最近、脩兄のスタジオに行ってるんだ」

ストローを持ち上げようとしていた秀哉の手がぴくりと止まる。

「まさか、おまえまでモデルをはじめたなんて言い出すんじゃないだろうな」

「まさか！　ぼくなんかに務まるわけないでしょ。もう、秀兄はすごいこと考えるんだから……」

「それならいい」

コーヒーに口をつけた秀哉は、今度は胡乱《うろん》な目を向けてよこした。

「それで？　管理栄養士を目指す学生が、どんなわけで撮影所に顔を出すんだ？」

……あれ？

どことなく棘《とげ》を感じる話し方に一瞬間を置く。

けれど、それも考えすぎだとすぐに気を取り直した。

「差し入れに行ってるんだ。脩兄のマネージャーさんが、ぼくのお弁当を食べて気に入ってくれてね。他のモデルさんたちの分もまとめてケータリングしてくれって言われて……」

これまでのことを掻い摘まんで説明する。

「お給料もいただく予定なんだよ。バイト代が入ったら、今度はぼくが秀兄に奢《おご》るからね」

「気を遣うな」

「ぼくがそうしたいだけだから。ね、ご馳走させて？」

あ、でも高いのは無理だけど。

つけ加えると、ようやく秀哉も少しだけ顔をゆるめる。

それにほっとしながら、唯はあらためてソファに座り直した。

「秀兄は、脩兄が働いてるところ、見たことある？」

「いや」

「ぼく、今回はじめてこの目で見たんだ。実際に行ってみて、現場っていうのはすごいところだった。頑張ってる脩兄に感動したよ」

　これまで脩哉が積み上げてきたものを知っているから余計。

「脩兄が読者モデルになった時、男のくせにとか、チャラチャラしてとか、いろんなこと言った人がいたよね。そういうの全部跳ね返したから脩兄は格好よくなれたんだろうなって。……なんか、見てたらじーんとしてきちゃって」

　思い出すだけで胸の奥が熱くなる。

　唯は大きく一息つくと、あらためて口を開いた。

「それに、モデルさんって笑ってるだけじゃだめだってよくわかった。カメラさん、機材さん、広告のクリエイターさんとか雑誌の編集さんとかね、そういう人たちのオーダーに応えたり、自分から提案したりして、ずっと気を張ってるお仕事なんだって」

　精神的にも、体力的にも、モデルに要求されるものは多い。

　そしてもちろん、それだけじゃない。

「ポーカーフェイスができないと務まらない仕事だと思う。ぼくなんか全部顔に出るもの。知ってると思うけど……。辛い時にいつもどおり笑うなんて、芯が強くないとできないよね」

辛いことのない人間なんていない。悲しいことが起こる時だってある。

そんな時でも己の感情を腹に収め、曇りのない笑みを作れなければプロとは言えない職業だ。知れば知るほど脩哉への尊敬の気持ちは高まっていった。

「そんな脩兄の役に立てることがあったんだ。料理ならぼくにもできるし、よろこんでもらえたって実感できるからすごくうれしい」

あらためて、さっき見た脩哉の顔を思い浮かべる。

カレーピラフを頬張った兄は、見ているこっちが照れるほど満足そうに笑った。仕事で作る笑顔とは違う、誰からのオーダーでもない、脩哉自身の心からのよろこびがそこにはあった。

だから、あったかい。

だから、うれしい。

ソイラテを一口飲み、唯はまっすぐに秀哉を見つめた。

「誰かを支えられるって本当にすごいことだよね。脩兄はそれに気づかせてくれたんだ。だからぼくも頑張って管理栄養士になって、たくさんの人の役に立てたらいいなって思う」

「……そうか」

一瞬、秀哉の返答が遅れる。

「……いつの間に、だな…………」

秀哉はそう言ったきり、眉間に深い皺を寄せた。

諌《いさ》める時とも叱る時とも違う、それははじめて見る表情だった。

「あの、秀兄……？」

なにかまずいこと言っちゃったかな……。

もしくは、自分ばかり喋《しゃべ》ってうるさかったかもしれない。

上目遣いに表情を窺っていると、秀哉は気持ちを切り替えるように大きく息を吸いこんだ。ゆっくりと時間をかけて息を吐き出し、あらためてこちらに視線を戻す。

再び目が合った時にはいつもの兄に戻っていた。

「毎日やっていて疲れないか」

「ううん。ぼくなら大丈夫だよ」

けれど秀哉は冷静な眼差しでさらに畳みかけてくる。

「夢中になりすぎると身体を壊すぞ。おまえは昔から熱中すると周りが見えなくなるだろう。人のために尽くしても、おまえが倒れたら意味がない。事が起きてからじゃ取り返しがつかないんだ」

「あ……」

はっとした。

前にも同じことを言われた。電車で痴漢に遭った時だ。

「根《こん》を詰めすぎるな」

「秀兄」

その真剣な表情から、本気で心配してくれているのが伝わってくる。昔からよく気がついてくれる兄だった。

そんな秀哉と、約束をする時にいつもしていたこと――。

「秀兄、指切りしよう」

唯が右手の小指を差し出すと、秀哉はわずかに眉を顰《ひそ》めた。こんなところでそんなことをするのかとその顔には書いてある。

「子供の頃に戻るつもりか」

「たまにはいいでしょ？」

「面倒なやつだな」

差し出された右手の小指に、自分のそれを引っかけて誓う。

「約束する。無理はしないし、身体ともちゃんと相談するよ」

「あぁ。ぜひそうしてくれ」

懐かしい気持ちが甦ってきて、顔を見合わせてくすりと笑う。

秀哉は半《なか》ば苦笑いといった感じだったけれど、昔を思い出したのか、その表情はさっきよりずっとおだやかになっていた。

優秀で、頼りにされて、非の打ちどころのないような人。

本当はとても面倒見がよくて、やさしい人だと知っている。

「ありがとうね。気にかけてくれて」

「それぐらい当たり前だ」

あらためて礼を言うと、秀哉は心外なと言わんばかりの顔をする。それが逆にありがたかった。

「秀兄がぼくのお兄ちゃんでよかった」

にっこり笑うと、秀哉はどこか複雑そうな顔をした。これまでこんな話をしたことがないから反応に困っているのかもしれない。

……本当なんだよ？

心の中で呟きながらグラスの水滴を指で拭《ぬぐ》う。

俯《うつむ》いていたせいで、秀哉の顔がわずかに歪《ゆが》んだのを唯が目にすることはなかった。


次の日は夜食をオーダーされた。

いつもはお昼にケータリングに行くのだけれど、撮影のスタート時間が遅い日などは、つなぎとして軽く摘まめるものをリクエストされる。

ラップサンドを詰めたバスケットを手に通い慣れた道を行く。

日が落ちた後の空気は水分を含んでしっとりと重く、胸がすくような夏のはじめの匂いがした。

近くで花火大会でもやっているのか、浴衣姿《ゆかた》の女の子たちがきゃっきゃと笑いながら唯の横をすり抜けてゆく。

「もう、そんな季節なんだなぁ」

立ち止まり、揺れる赤い帯を見ながら呟いた。

そういえば、今年の夏はイベントらしいこと、まだやってなかった……。

忙しい兄たちの顔を思い浮かべる。

脩兄のスケジュールは不定期だから、秀兄が家に来られそうな日を訊いて調整する方が早いだろう。うまくいけば庭で花火ぐらいはできるかもしれない。

「昔はよく遊んだっけ……」

子供の頃のことを思い出し、唯はそっと頬をゆるめた。

縁台《えんだい》の縁《ふち》に三人並び、誰の線香花火が一番長いか競争したものだ。唯は夢中だったけれど、脩哉は微笑ましそうに笑いながら、秀哉に至っては「まだやるのか」と嘆息したりしていた。

今なら、ふたりとも弟につき合ってくれていたのだとわかる。

「特に秀兄は我慢してくれたよねぇ」

口ではなんだかんだ言いながらやさしいところも、好きな点のひとつだ。

「今年も、いい思い出ができるといいな」

バスケットを持ち直し、再び歩き出す。

スタジオに着くと、脩哉は撮影中だった。

これまで何度かカジュアルな服装を見てきたけれど、今夜はどうやらフォーマルウェアの撮影のようで、黒い衣装を纏《まと》っている。あれはタキシードというものだろうか、眩い光を受けてジャケットの襟がきらきらと輝いていた。

すらりとした長身、引き締まった体軀《たいく》。パンツの側面に入ったラインが長い足をさりげなく強調している。甘く柔和な貌立ちは夜会服のノーブルな雰囲気に映え、息が止まるほど美しかった。

まるで、どこかの国の王子様みたいに。

脩兄、格好いい…………。

感動しすぎて声も出ない。目を奪われるとはこういうことを言うんだろう。

瞬きするのさえもったいなくて、両手で口を覆いながら息を詰めて見守っていると、トントンと肩を叩かれた。

「唯さん唯さん」

そちらを見ると、脩哉のマネージャーの桜井がなぜか笑いをこらえている。

「あ……、えっと、おはようございます……？」

「唯さん、顔が赤い」

「えっ」

「脩哉くんに見とれてたでしょう？　僕が声かけても全然気づかないぐらい」

「えっ、あ、あの……すみません………」

ますます頰が熱くなる。

桜井はにこにこしながら説明してくれた。

「いつもと雰囲気が違うから驚いたでしょう。他のモデルたちも、今日は皆あんな感じですよ」

「……ほんとだ」

あたりを見回してようやく気づく。誰も彼もがブラックスーツを纏っていて、スタジオの中にはいつもと違う空気が流れていた。

言われるまで気づかなかったけど……。

むしろ、そっちの方が恥ずかしい。脩哉ばかり見ていると言われても否定できないどころか、全力で肯定してしまう。

熱くなった頰をパタパタと手で扇いでいると、世良がこちらにやって来るのが見えた。

浅黒い肌にホワイトカラーがよく映える。艶めく黒髪を靡《なび》かせる姿には貫禄があり、野性的な彼の魅力を夜会服が際立たせていた。

さすが、モデルさんだなぁ……。

普通の人間とはオーラが違う。存在感に圧倒されていると、世良がひょいと顔を覗きこんできた。

「どうしたんだい、真っ赤な顔しちゃって。桜井さんに苛《いじ》められた？」

「違いますよ、もう。人聞きの悪い」

桜井が肩を竦めながら苦笑する。

「唯さんが、脩哉くんに見とれていたので」

「わぁ。桜井さんっ」

慌てて止めに入る唯を見て、近くにいた皆が一斉に笑った。

「いつも見とれてるくせに、今日もやっぱり照れるんだ」

「毎回新鮮な気持ちで見てもらえるのはいいよなぁ」

そ、そうなのかな……。

熱くなった頬を押さえながらそろそろと顔を上げる。

それを見たモデルたちに「耳まで赤いよ」とからかわれ、しどろもどろになっているうちになんだかおかしくなってきて、最後には一緒になって笑ってしまった。

スタッフたちは次の準備へ、モデルたちは休憩へと輪が解けたのを機に、唯はあらためてセットに目を向ける。

脩哉はカメラマンと資料を見ながら話しこんでいるようだった。

「脩哉くん、まだまだかかりそうですよ」

撮影が押しているのだと桜井が教えてくれる。

「どうします？　待ってます？」

桜井は気遣わしげにバスケットに目を落とした。

いつもお弁当を届けた後は邪魔にならないようすぐに帰ることにしているが、夜食の時だけは無礼《ぶれい》講《こう》で、誘ってもらえば混ざることもある。撮影中の話を聞くのもおもしろかったし、差し入れにリクエストをもらうこともあり、唯にとっても楽しみのひとつだったのだ。

それでも、仕事ならしかたがない。残念だけれど邪魔にならないように早く出よう。

「先に帰ります。これだけお願いできますか？」

「わかりました。いつもありがとう」

バスケットを桜井に手渡した時だ。

「唯」

呼ばれた方を見ると、脩哉がセットを抜けてくるのが見えた。

「撮影いいの？　脩兄」

「ちょっとだけな。おまえが帰りそうなのが見えたから」

それって、強引に抜けてきたってことじゃないの……？

慌ててスタッフたちに頭を下げる唯を見て、桜井が横でくすくす笑った。

「せめて駅まででも送っていければよかったんだが……」

脩哉はなおも名残惜しげに見下ろしてくる。どこから見ても貴公子といった出で立ちなのに、そんなふうにしゅんとされるとなんだかくすぐったくなった。

「大丈夫だよ。ぼくのことなら心配しないで」

安心させるように大きく頷く。

「脩兄の大切なお仕事だもん。みんなが納得できるものにしないといけないのもわかってるから」

脩哉は驚いたように目を瞠り、それから小さく嘆息した。

「おまえには励まされてばかりだな」

「脩兄の応援団だからね」

そう言った瞬間、脩哉の顔がふわりと綻ぶ。

カメラに向けるハンサムな笑みもいいけれど、自分だけに見せてくれる気負わない素顔が一番好きだ。見ているだけで安心する。

いつまでもこうしていたい気持ちを抑《おさ》えて、唯はあらためて脩哉に向き直った。

「それじゃ、脩兄。遅くまで大変だろうけどお仕事頑張ってね。疲れが取れるように、お風呂の用意して待ってるから」

「あぁ、ありがとう。気をつけてな」

手をふり交わし、桜井たちにも一礼して唯は部屋を後にした。

スタジオの廊下はコンクリートを打ちっ放しにしているだけあって、特に夜は足音が響く。非常灯の明かりだけが暗がりにぼうっと光って見えた。

なんでもないとわかっていても、昔から暗いところはちょっと苦手だ。

そんな性格を知っているから、脩兄もああ言ってくれたんだろう。夜食のケータリング自体を断ってもいいと言ってくれたこともあった。

それでもやりたいと言ったのは唯だし、やらせてもらえてよかったと思っている。タイミングが合えば脩哉と帰れるのもうれしかったし、一緒に星を見上げる瞬間がなんとも言えず好きだった。

今日はひとりで夜空鑑賞だけれど、次の楽しみができたと思えばいい。

自分に言い聞かせながら裏の通用口に回る。

入館証を返して外に出ると、そこには思いがけない人物が立っていた。

「……秀兄？」

見間違いじゃないのかと瞬きをくり返す。

けれどこちらを向いたのは間違いなく兄の秀哉で、いつものブリーフケースを提《さ》げていることから、仕事帰りに立ち寄ったのだとわかった。

「どうしたの、スタジオに来るなんて……。あ、脩兄なら撮影が押してて、もう少しかかるって言ってたよ」

「そうか」

「ぼくも一緒に待ってようか？」

表通りに面した正面玄関の前ならまだしも、ここはひとりでいるには寂しすぎる。

だが秀哉は即座に首をふった。

「いや、いい。……むしろよかった」

「え？」

「ほら、帰るぞ」

なんのことだろうと思うより早く、強引に腕を引かれる。

「脩兄に用があったんじゃないの？　スタジオまで来たのに？」

「おまえを送るだけだ」

「ぼ、ぼく？」

どうしたんだろう、ほんとに……。

先に立って歩き出す背中を追いかけながら、唯はこっそり首を捻った。

思い当たることといえば、昼間にメールをしたくらいだ。今日もアルバイトをするのかと訊かれ、八時頃に届けに行く予定だと答えた。

秀哉とは日頃から頻繁《ひんぱん》にやり取りしているわけではないけれど、最近では彼が実家に帰る時の連絡も両親ではなく、唯に送ってくれるようになっている。

まぁ、父さん母さんに言っても忘れちゃうからなんだけどね……。

研究に夢中な両親の顔を思い浮かべ、心の中で苦笑する。

そういう意味では、秀哉は仕事に邁進《まいしん》しながらも周囲を気にかける余裕のある人だと言える。

とはいえ、多忙なのはあいかわらずで、とてもこんなところに来る時間はないはずなのに。

「……もしかして、アルバイトが夜だって言ったから？」

思いついて、前を行く背中に話しかけた。

唯が恐がりなのを気にして、それでわざわざ迎えに来てくれたんだろうか。

秀哉はなにかを呑みこむように一瞬の間を置き、前を向いたままぼそりと答えた。

「そういうことにしておけ」

……うん？

噛み合わない会話にますます首を捻る。

だいたい、今はまだ八時半だ。花火大会だって終わっていないだろうし、予備校に通っていた頃はもっと遅い時間に帰ることだってあった。

それでも、自分を心配して来てくれた兄にそれを言うのはいけない気がして、そっと胸にしまう。

「秀兄はやさしいね。仕事で疲れてるのに、ありがとう」

そう言うと、秀哉は弾かれたようにこちらをふり返った。

「秀兄？」

街灯を背にしているせいで表情まではわからない。それでも、小さく嘆息したのが聞こえた。

「俺が安心したいだけだ。……俺の、我儘だ」

「そんなふうに言わないで。秀兄と帰れてうれしいよ」

就職と同時に家を出てしまった秀哉と家路に就《つ》く機会なんて滅多にない。

秀哉は「そうか」と答えると、今度は肩を並べるようにして唯を促した。

金曜の夜だけあって、駅までの道はにぎやかだ。

疲れを酒で流したサラリーマンや、サークルと思《おぼ》しき大学生の一団が楽しげに笑う中を縫って進む。坂を上がりきり、高架を潜って、通い慣れた駅の改札を抜けた。

ホームに上がると同時に、タイミングよく電車が滑りこんでくる。秀哉に続いてドア横のスペースを確保した唯は、ふと、スタジオの光景を思い出して口を開いた。

「そうそう、今日ね、びっくりしちゃった。なんだと思う？」

秀哉が目で続きを促す。

「脩兄がタキシード着てたんだよ。ぼく、本物なんてはじめて見た」

身内の欲目かもしれないけれど、あの場で一番似合っていたのは脩哉だと断言できる。思い出しただけで頬がゆるんでしまうほどだ。

「雑誌が出たら一緒に見ようね。脩兄、すごく格好よかったんだよ」

「ずいぶんと脩哉が気に入ったんだな」

「……え？」

低い声に胸を、トン、と突き放されたような感覚に襲われる。

どうしたんだろう。

どうしてそんなことを言うんだろう。

秀哉の目が静かに眇《すが》められていくのを、どこか落ち着かない気持ちで見上げた時だ。

「わ…っ」

電車が大きなカーブに入った。

遠心力に足を取られ、たたらを踏む。強い力に引き戻されるまま身体を預けた唯は、気づいた時には秀哉に抱きつくような格好になっていた。

「困ったやつだ。摑まっていないと危ないだろう」

嘆息つきで小言《こごと》が降ってくる。

いつもの口調にほっとしながら唯はそろそろと顔を上げた。

「ありがと。秀兄」

秀哉が小さく肩を竦める。礼には及ばんという意思表示かもしれない。そんなところが彼らしくて、なんだかうれしくなってしまった。

「秀兄は、いつでも気づいて助けてくれるね」

「誰かさんのおかげですっかり目敏《めざと》くなったからな」

「……ぼくのこと？」

「おまえ以外に、見ていないといけないやつなんていないない」

迷いのない口調で告げられ、ドキッとなる。

——おまえだけを見ている。

そう言われたのと同じだとわかって、余計胸が高鳴った。

なんだろう、これ……。

兄弟がお互いを気にするのは自然なことだ。唯だって、秀哉がいつも健康でありますように、困ることがありませんようにと気を配っているつもりでいる。

頭ではわかっているのだけれど、ふわふわとしてなんとも不思議な気分だ。

それを煽《あお》るように、さらに秀哉の腕に力が籠もった。

「あ、あの、秀兄……」

「寄りかかってろ」

「でも」

「おまえは俺が支えてやる。こんな時ぐらい甘えておけ」

有無を言わさず頭を引き寄せられ、逞しい胸に顔を埋める。夏物の薄いスーツ越しに伝わってくる秀哉の体温になぜかわからないけれどドキドキした。

小さい頃は、くっついていてもなんとも思わなかったのに……。

それなのに今は、こうしているだけでいけないことをしているような気分になってくる。

どんな顔をすればいいかわからなくて、眉間に力を入れたまま唯は首だけ回してそろそろと周囲を窺った。

ある人は本に没頭し、ある人はゲームに夢中になっている。ある人はぼんやりと中吊《なかづ》り広告を眺《なが》め、またある人は座席で船を漕《こ》いでいた。乗客たちは自分のことに夢中で、こちらに気づいた様子はない。

適度な混雑が目隠しの役目を担《にな》ってくれたせいもあるだろう。

それでも心配で、ひょこひょこと頭を動かしていると、もの問いたげな視線が向けられた。

「えと……お、重くないかな」

「問題ない」

当然のように返され、かえって照れくさくなる。とっさに口を突いて出た場つなぎの言葉だったからなおさらだ。

やけに甘やかされているような気がする。

秀兄って、もっと厳しい人だったはずなんだけど……。

うろうろと目を泳がせた唯は車窓を見るなり、またも頰を赤らめる羽目《はめ》になった。暗い窓ガラスに映っていたのはなんとも頰をゆるめた自分だったからだ。

慌てて目を逸《そ》らした唯を見て、秀哉が頭上で小さく笑う。

そうこうするうちに、ふたりを乗せた電車は家の最寄り駅に到着した。

秀哉がひとり暮らしをしているマンションは、ここから二駅先にある。にも拘わらず秀哉は躊躇《ちゅうちょ》なく電車を降りた。どうやら、本当に家まで送ってくれるつもりのようだ。

先に立って歩き出す背中を追って、唯もまた改札を潜った。

駅前には小さなロータリーがあり、建ち並ぶマンションを横目に歩いていくと、いくらもしないうちに閑静《かんせい》な住宅地へと入る。都内ながら緑が豊かで、公園も整備されており、子供の頃は夢中で遊んだものだ。数ある遊具の中でも特に大きな滑り台が唯の一番のお気に入りだった。

そんな毎日見ている景色も、秀哉といるだけで違って見える。

公園に差しかかったところで、唯は懐かしさからふと足を止めた。

「ねぇ秀兄、覚えてる？　ここでよく一緒に遊んだよね」

「あぁ」

遅れて立ち止まった秀哉もまた、同じように遊具を眺め遣った。

両親の再婚をきっかけに、それまで父と兄ふたりが暮らしていた家に、母と唯が越してきた。だから近所のことはなんでも兄たちに教わったし、あちこち連れていってもらったものだ。

あの頃は、いつも三人一緒だった。

脩兄にブランコを押してもらって、秀兄に逆上《さかあ》がりを教えてもらって。今は小さく見える滑り台も、子供の頃は大きな山みたいに見えたんだっけ……。

「また三人で遊びたいね」

なにげなくそう言った後で、慌てて首をふる。

「あっ、違うよ？　滑り台で遊びたいって意味じゃないからね？　家で花火でもできればなぁって」

「花火？」

「うん。秀兄の都合のいい時に来てもらえたらなって思ってたんだ。脩兄の仕事ももうすぐ一段落すると思うし、ぼくは夏休みだからふたりに合わせられるし」

「三人で、か……」

秀哉が小さな声でくり返す。

「父さんと母さんも一緒だともっといいけど、ギリギリまでわからないしね」

思わず苦笑してしまった。

一度トラブルが起ころうものなら、解決するまで研究所に泊まりこむような人たちだ。それさえも苦に思わないどころか、あの時はあんなことをした、こんなことを発見したとうれしそうに語るのだから、根っからの研究好きというやつなんだろう。

家族水入らずにはならないかもしれないけれど、兄たちがいてくれれば充分うれしい。

「ね、きっと楽しいよ？　いい気分転換にもなると思うし」

たまには童心に返って、日頃の疲れを吹き飛ばしてほしい。

「せっかくだから焼きトウモロコシとか作ろっか。それからスイカでしょ、ラムネでしょ……。あ、秀兄たちはビールの方がいいよね、きっと」

わくわくしながら顔を上げる。

けれど、秀哉はなぜか顔を曇らせていた。

「あ……っと、あんまり気乗りしないかな」

「いや…」

いつもはっきりものを言う彼が言葉を濁らせるなんて滅多にない。

さすがに我儘を言いすぎたと唯は慌てて撤回《てっかい》した。

「やっぱり仕事が忙しいよね。無理言ってごめん」

「唯？」

「その……別々に暮らしてからは、あんまりゆっくり話す機会がなかったでしょう？　だから、こんなイベントでもあれば口実になるかなって思っただけだから」

「……」

秀哉は一瞬眉を寄せる。それから、ややあってゆっくりと息を吐いた。

「……おまえは、やさしいな」

「秀兄？」

「誰にでもやさしい」

ダークブラウンの目が静かに細められていく。

なにかをこらえるような表情に、わけもなく胸の奥がざわっとなった。

「ど、どうしたの？　今日の秀兄、いつもと違うよ？」

「おまえにはどう見えてる？」

「どうって……」

うまい言葉が見つからない。

「いつもの俺がよかったか？」

口ごもっている間にも挑《いど》むような眼差しを向けられる。

秀哉が苦しそうに顔を歪めた。

「おまえの目に、俺はどう映っているんだろうな。それが知りたくて……もどかしくてたまらない」

「……っ」

不意に腕を摑まれ、ほとんどぶつかるようにして秀哉の胸に引き寄せられる。

「……唯……」

これまで聞いたこともないような低く掠《かす》れた艶声に、不覚にも胸はざわめいた。

そんな、ふうに、呼ぶなんて……。

鼓動《こどう》が速くなりすぎて苦しい。眩暈のようなものを感じながら顔を上げると、そこには恐いくらい真剣な顔をした秀哉がいた。

いつもの秀兄じゃない。よく知っているはずなのに、はじめて見るような顔をして……。

「あ……」

男らしく節《ふし》くれ立った指に顎を掬《すく》い上げられる。

頬を撫でられ、思わず身を竦めたその時、なんの前触れもなく唇が塞《ふさ》がれた。

——え？

強引に熱を押し当てられ、驚きのあまり呼吸さえ止まる。頭の中が真っ白になった。

キス、されてる……？

閉じることさえ忘れた瞳が視界の端に滑り台を捉《とら》える。

十年前の思い出が頭の中でぐるぐると回った。

『秀兄ちゃん、もう一回。もう一回すべろ』

『だめだ。ほら、もう帰るぞ』

『いっしょにすべろ。ね？　おねがい。あと一回だけ』

『しょうがないやつだな。これで最後だからな』

無邪気《むじゃき》に遊んでいたあの頃は思いもしなかった。やさしく手を引いてくれた兄の秀哉が、弟の自分にキスをするなんて――。

「……っ」

強く押し当てられていた唇が少しだけ離れ、濡れたものに下唇をなぞられる。それが舌だと気づいた瞬間、唯は軽いパニックに陥った。

うそ……秀兄が、そんな……。

いつも凛として、不作法なことを嫌う兄だ。お菓子を摘まんだ指を舐《な》めた時も行儀《ぎょうぎ》が悪いと叱られた。ましてや、感情の起伏に乏しい彼が衝動的になったところなんて見たことがない。

そんな秀哉が、こんなことをするなんて。

「んっ……」

熱い舌に唇のあわいを突かれ、ぞくぞくしたものがこみ上げる。そんな自分が恥ずかしくてたまらないのに足が震えて立っていられず、秀哉の胸に縋《すが》るしかなかった。

なに、これ……。

自分の身体が自分のものじゃなくなったみたいだ。どこもかしこも触れられたところが熱くて、ジンジンと痺《しび》れている。

ようやくのことで身体を離されてからも、熱が収まる気配はなかった。

「……ふ、……」

濡れた唇を夜風がすうっと撫でてゆく。

息を整えることもできず、何度も肩を上下させる唯に、秀哉がそっと手を伸ばしてきた。

「あ…」

頬を撫でようとしたのかもしれない。

けれど、味わったばかりの熱の余韻にとっさに身構えた唯を見て、秀哉は自嘲《じちょう》に首をふった。

——怯《おび》えさせたいわけじゃない。

揺れる眼差しが言葉よりも雄弁に語る。

秀兄……？

強引なくちづけとは裏腹な、せつなげな眼差しに小さな焦りを覚えたものの、唯がなにかを言うより早く秀哉は静かに踵《きびす》を返した。

「……送っていけなくて、すまない」

苦みを滲ませた低い声。

たった一言、そう言い残して秀哉が遠ざかっていく。

落ち着かない気持ちを抱えながらその背中が見えなくなるまで見送った唯は、ゆるく息を吐き出し、再び家に向かって歩きはじめた。

ぬるい夜風が火照《ほて》った身体にまとわりつく。

通い慣れた道なのに、ほんの二、三分の距離が今はとても遠く感じた。

秀哉のことで頭がいっぱいで景色なんて目に入らない。彼の眼差し、彼の熱……スーツ越しに伝わってきた体温や鼓動さえも唯を捕らえて離さなかった。

ぼんやりと歩いているうちに家に着く。

両親はまだ帰っていなかったようで、中は暗く静まり返っていた。

……よかった。

いつもは家族でいるのが好きだけど、今はもう少しだけひとりでいたい。唯は灯りを点《つ》けないままリビングのソファに、ぽすん、と倒れこんだ。

――――秀兄に、キス、されちゃった……。

指先でそろそろと唇に触れる。

その途端、秀哉に触れられた時の感覚が甦り、頬がかあっと熱くなった。

本当に、キスされたんだ……。

誰かと唇を重ねるのは、これがはじめてだ。恋愛に関心が薄かったせいでこれまで誰ともしたことがなかった。

最初のキスが、まさか兄になるなんて。

秀哉の顔を思い出した途端、胸がドキンと鳴る。今さらのようにこみ上げる息苦しさに胸のあたりを押さえながら、唯はそっと瞼を閉じた。

――おまえの目に、俺はどう映っているんだろうな。

「秀兄……」

あの時の苦しそうな顔が目に焼きついている。十一年も一緒にいて、はじめて知る表情だった。

秀兄はどうして……。あんな顔をしたのは、ぼくのせい……？

ツキッとした胸の痛みにクッションを抱き締める。

その時、玄関でガチャリと鍵の開く音がした。

「あ…」

いけない。家の誰かが帰ってきた。

慌てて身体を起こし、なんとか体裁《ていさい》を整えようとしたものの、電気を点けに立つより早くリビングのドアが開いた。

「……唯？」

「……！」

脩兄の声に、ビクリと肩が持ち上がる。

けれどそれに気づかなかったのか、脩哉はなんでもないようにパチンと壁のスイッチを押した。

「どうしたんだ、電気も点けないで」

眩しさに目をしばたいていると、隣に脩哉が座る気配がする。

「唯」

もう一度やさしい声に名前を呼ばれ、おずおずと顔を上げると、脩哉はようやくほっとしたように息を吐いた。

「よかった。泣いてるのかと思った」

「そ、そんなこと……」

ないよと言いかけて、視界に入った唇に目が釘づけになってしまう。

脩哉と秀哉は全体の雰囲気こそ違うけれど、血を分けた兄弟だけあってそれぞれのパーツがよく似ている。特に鼻の形や唇の感じは父親譲りでそっくりだ。

少し薄くて、男らしくて、形のいい綺麗な唇。

見ているだけでさっきのことを思い出してしまい、唯はそろそろと目を逸らす。なんとなく今は脩哉の顔をまっすぐ見られなかった。

「……」

脩哉が戸惑《とまど》っているのがわかる。

……いけない。疲れて帰ってきたのに、余計な気を遣わせてしまう。

唯は深呼吸をすると、にっこり笑いながら顔を上げた。

「それより脩兄、ずいぶん早かったんだね。もう少し待ってたら一緒に帰れたかな」

「唯？」

「ぼくもさっき着いたところで、まだお風呂の準備ができてないんだ。すぐに用意するから少し座って待っててね」

そう言って腰を上げかけたところで手首を摑まれ、突然のことにビクッとなる。

「あ……。あの、ごめん。びっくりしちゃった」

なんでもないんだと首をふる。だっていつもは触れられたって、軽くハグされたって、こんなふうにはならない。

脩哉の静かな眼差しに、ともすると胸の奥にあるものを見透かされてしまいそうで、唯は慌てて目を逸らした。

不自然な沈黙が横たわる。

ややあってから、脩哉が小さくため息を洩らした。

「なにか、あったのか」

「え？」

「俺に話せないようなことか」

単刀直入に踏みこまれて言葉を失う。

唯の手首を摑んでいた脩哉の手に力がこもった。

「唯、話してほしい。スタジオではあんなに元気だったのに、その後なにがあった？　誰がおまえをそんなふうにさせたんだ」

真剣な声。本気で心配してくれているのが伝わってくる。

でも……。

言っていいのかわからない。

戸惑いながら見上げ唯に、脩哉が苦しげに眉を寄せた。

「なにがあったんだとしても、恐がりのおまえをひとりで帰らせた俺の責任だ。俺が悪い」

「違うよ！」

驚いて首をふる。考えるより早く言葉が口を突いて出た。

「脩兄はなにも悪くない。そんなふうに言わないで」

「唯？」

「ぼく、ひとりじゃなかったから。……秀兄と、一緒だったから」

「秀哉と？」

声のトーンが一段下がる。

無言で先を促すのにごくりと唾《つば》を飲みこんでから、唯は思い切って打ち明けた。

「秀兄が迎えに来てくれて、一緒に帰ったの」

「ここまでか？」

「……そこの、公園まで」

「どうして公園で別れた？」

話が核心に近づいていることを肌で感じているのだろう、脩哉の声がかたい。

空気の重さに耐えかねて唯はとうとう下を向いた。

「秀兄に、……キ、キス、されて……、それで……」

「…………」

返事はなかった。

どうしよう……やっぱり、秘密にしておいた方がよかったんだ……。

沈黙が続けば続くほど、どんな言葉が返されるのか恐くなってくる。なにか言おうにも焦るほど言葉は出てこず、唇を嚙み締めるしかなかった。

不意に、摑まれたままの手首をグイと引かれる。

「あっ…」

とっさのことに身構える隙もないまま、ほとんどぶつかるようにして広い胸に抱き寄せられた。

「ゆ、脩兄？」

驚いて声を上げるものの、脩哉は答えない。ただ強く唯を抱くばかりだ。

どうして、急に……。

いつもはやさしく包みこんでくれる脩哉が、今は息をするのさえ苦しいくらい力をこめて抱き竦めてくる。まるで離すまいとするかのように。

「……悪い。もう少しだけ……」

耳元で聞こえる掠れた声。

やわらかなものが静かに髪に押し当てられた。あたたかな吐息に、それが脩哉の唇なのだと気づく。

……今、髪にキス、した……？

ドクンと胸が鳴る。こうしているだけで逸《はや》る鼓動が伝わってしまいそう。

脩哉がそっと身体を離した。

「秀哉にキスされて、どう思った？　気持ち悪くなかったか？」

「どうかは、わかんない。すごくびっくりして、今もまだ……。でも、気持ち悪いとは思わなかった。

………ぼく、おかしい？」

兄弟なのに。

同性なのに。

自分でもどうしてなのかわからないまま、恐る恐る顔を上げる。

脩哉は何度もやさしく頭を撫でてくれた。

「おかしくなんかない」

「脩兄……」

「秀哉にはなにか言われたか？」

首をふって答える。

縋るように見上げていると、再び腕が伸びてきて、今度はそっと抱き寄せられた。

「急にそんなことされて驚いたよな。おまえが戸惑うのは普通のことだし、ひとりで抱え切れないのも当然のことだ」

ぽんぽんと背中を叩かれ、そのままやさしく撫で下ろされる。うまく言葉にできないものも丸ごと受け止めてもらえたような気がした。

小さな頃から、なにかあるとこうやって泣きついたっけ。そのたびに脩哉は辛抱強く話を聞き、慰《なぐさ》めてくれたものだった。

「唯、おまじないをしようか。……目を閉じて」

だから、言われるままに瞼を落とす。

両手で頬を包まれ、上向かされたと思った次の瞬間、やわらかなものが唇に触れた。

「……！」

それは一瞬のことだったのだけれど、確かにキスされたのだとわかる。

「……ゆ、……」

「まだだよ」

驚きに目を開こうとするのをやんわりと止められ、もう一度、そっと唇を塞がれた。

あたたかく、やわらかい……まるで慰めるようなやさしいキス。小鳥が啄《ついば》むようにそっと触れては離れ、離れては触れるをくり返されているうちに、こわばっていた身体から徐々に力が抜けた。

あったかい……。

ドキドキと胸を高鳴らせながらも、一方でほっとしてしまう自分がいる。すべてを包みこみ、慈《いつく》しむようなくちづけにこのまま溶けてしまうかと思った。

きらきらとした華やかな世界で羨望《せんぼう》の眼差しを集める脩哉。モデルとして実績を積み上げ、多くの人から愛されている。そしていつだって唯を魅了する、憧れの存在である彼が。

こんな、やさしいキスを――。

ぬくもりの余韻を残して唇が離れていく。

追いかけるようにして見上げると、脩哉は困ったように微笑しながら眉を寄せた。

「目が潤《うる》んでる」

そっと頬を撫でられ、恥ずかしくなって下を向く。

「脩兄、あの……どうして……？」

言葉の足りない問いだったけれど、脩哉はその意図するところを酌《く》み取ってくれたようで、やさしく唯の頭に手を置いた。

「言ったろう、おまじないだって。これ以上おまえが悩まなくていいように」

それ、どういう……？

けれど口にするより早く、脩哉がソファから腰を上げる。

「いろいろあって疲れたろう。今夜はもう寝た方がいい」

「あの、でも、お風呂沸《わ》かさないと」

「それぐらい自分でできる」

肩を竦めた脩哉にあれよあれよと部屋まで手を引かれ、子供にするように寝かしつけられた。

「余計なことは考えないで、ぐっすりおやすみ」

脩哉の足音が遠ざかっていく。

真っ暗な部屋でひとり、唯はぼんやりと天井を見上げた。

今夜はいろんなことがありすぎて、とてもすぐには眠れそうにない。昂《たかぶ》った気持ちを落ち着けようと瞼を閉じると、すぐに兄ふたりの顔が思い浮かんだ。

秀哉の強引なキスとせつない眼差し。

脩哉のやさしいキスとあたたかい眼差し。

唯にとってふたりは憧れの存在だった。己の道を進む背中をずっと眩しく仰ぎ見ていた。

そのふたりから、立て続けにキスされるなんて。

「脩兄……秀兄……」

明日の朝、脩哉にどんな顔をすればいいいんだろう。

今度電車で会ったら秀哉になんて言えばいいんだろう。

答えが出ないまま暗闇の中で悶々とする。

けれど疲れのせいか、眠れないと思っていたのが嘘のように唯は次第に微睡《まどろ》みはじめた。

これからどうなるんだろう。どうなっていくんだろう。

胸の奥が小さくざわつく。

けれど睡魔に抗えないまま、唯は意識を手放していった。


あんなことがあってからも、兄たちに特に変わった様子はなかった。

翌朝の脩哉はいつもどおりだったし、秀哉からきたメールも特に当たり障《さわ》りがない。どんなにギクシャクするかと気を張っていた唯は、自分だけがそわそわしていたのだとわかってなんだか拍子抜けしてしまった。

自分には一大事だったけれど、兄たちにとってはスキンシップのひとつだったのかもしれない。

そういうもの、なのかな……。

キスされた時のことを思い出すだけでいまだにドキドキしてしまうのに。

こんな時、経験が乏しい自分がもどかしい。高鳴る胸を服の上から押さえた唯は、ふと、我に返ってわずかに顔を曇らせた。

「こんなふうに思うのも、ぼくだけ……なんだよね」

口に出した途端、なんだか少し寂しくなって、胸の奥がツキンと痛んだ。

「いけない、いけない」

慌てて首をふる。

あの日、秀哉は様子がおかしかった。いつもの冷静さを欠くぐらい衝動的な気分になるようなことがあったんだろう。脩哉も、混乱する唯の気を逸らしてやりたい一心で、あえて強引な手段に出たに違いない。

兄たちが普段と変わらないのはそういうことだ。自分が意識しすぎだったんだ。

「うん。きっとそうだよね」

自分に言い聞かせるように呟いて、唯は小さく息を吐いた。

いつまでも気にしていたんじゃ兄たちに変に思われてしまう。気持ちを切り替えていこうと深呼吸をはじめてすぐ、耳に馴染んだメロディがそれを遮《さえぎ》った。

自宅の電話だ。

受話器を取り上げると、相手は父親だった。

『もしもし。唯くん？』

「お父さん？　どうしたの？」

驚いて壁の時計を見上げる。今は平日の三時過ぎ。普段なら研究室に籠もっている時間だ。

『急に出張に行くことになってねぇ。さっき決まったから、忘れないうちに伝えておこうと思って』

「あ、そうなんだ。どこに行くの？」

研究所からの電話なんて滅多にないだけに、てっきりよくない報《しら》せかと焦ってしまった。

けれど、ほっと胸を撫で下ろしたのも束《つか》の間、続く父親の言葉にまたも目を瞠る。

『来週から、ちょっとシンガポールにね』

「え？」

『向こうの研究所がこの間の停電でいろいろトラブルになってるらしくて、もうてんやわんやだよー。一ヶ月くらい缶詰になるんだって』

「ええ？」

『あ、母さんも一緒に行くから、お家《うち》のことよろしく頼むね』

「えええ？」

まるで「ちょっとそこまで買い物に」というような口調で一ヶ月間海外出張に行くという。しかも、夫婦揃って。

まぁ、どっちかだけ行く方がむしろ心配だけど……。

生活能力の乏しい両親だが、せめてふたりでいれば最低限の暮らしはなんとかなるだろうとの淡い期待を寄せる。

その時、電話の向こうで『高階さん』と呼ぶ声がした。どうやらこれから会議のようで、にわかにバタバタし出したのが雰囲気から伝わってくる。

『ごめん、唯くん。詳しいことはまた帰ってから話すから』

「うん、わかった。脩兄たちにはぼくから伝えておくね」

なんだか忙しくなりそうだ。

受話器を戻しながら、唯はこれからのことに思いを馳せた。


それから一週間後、両親は慌ただしく海外出張に旅立っていった。

間際まで準備をほったらかしにしていたせいで、最後は一家総出で荷物を詰めた。

スーツケースを閉じたのと、家の前にタクシーが迎えに来たのがほぼ同時で、下手したら空港までの特急を逃していたところだったと後でわかってヒヤリとした。

「……っ、疲れた……」

戦場と化したリビングをふり返る。これからこれを片づけるのかと思うと気が遠くなりそうだけれど、とにかく今は間に合ってよかったと思うことにしよう。

「お疲れさん」

タクシーに荷物を積むために出ていた脩哉が戻ってくる。

「脩兄もお疲れさま」

脩哉はあらためて家の中を見回し、やれやれと肩を竦めた。

「それにしてもすごい惨状だな」

「支度って、頑張れば三十分でできるものなんだね……」

「二度とやりたくないけどな」

「脩兄ってば」

顔を見合わせて眉を下げる。

本当は一休みしたいところだけれど、こうも散らかった中で休憩するのもためらわれたふたりは、思い切って家中を掃除してしまうことにした。

「ぼくは二階から片づけて降りてくるから、脩兄はリビングお願いできる？」

「わかった」

唯はさっそく掃除機を担《かつ》いで二階に上がる。

見た目的には一階の方が散らかっているが、二階は二階で普段開けないタンスの引き出しやクローゼットの扉が軒並《のきな》み開いて、さながら空き巣に入られた後のようだ。

着替えを探すだけでこうなんだから……。

その上、予備のジャケットがいるかもしれないと大騒ぎして引っぱり出したわりに、それが椅子の背にかかっているのはどうしたものやら。

「もう」

苦笑とため息のくり返しになりそうで、唯は心を無にして散らかったものを拾いはじめた。

洋服は畳んで引き出しの中へ、倒れた置物も元の場所へ。ようやく床が見えたところで掃除機をかけ、ついでに兄たちの部屋も綺麗にしたところで、来客を告げるインターフォンが鳴った。

「脩兄ー。お願いー」

階下にいる兄に声をかける。

すぐに返事があって、玄関のドアが開く音がした。

今日は誰かが来るという話も聞いていないし、宅配便かなにかが届いたんだろう。

さして気にも留めずに掃除を続けていたものの、自分の部屋に掃除機をかけ終わった後もまだ脩哉が誰かと話している声が聞こえて、あれ、と思った。

もしかして、しつこいセールスとか……？

でも、おかしい。

この家でそういった類《たぐい》に一番強いのは他ならぬ脩哉だ。いつも毅然《きぜん》とした態度で断ってくれている。

それなのに、どうしたんだろう。

下手に自分が出ていって状況がややこしくなったらいけないと、唯は床に掃除機を置き、足音を立てないようにしてそろそろと階下に降りはじめた。

一階へと続く階段は、途中でくるりと一八〇度折り返す構造なので、踊り場の手前で身を屈めれば来訪者から唯は見えない。

しゃがみこみ、あらためて様子を窺った唯は、耳馴染みのある声に目を瞠った。

――秀兄？

聞き間違えるはずがない。

そっと踊り場から身を乗り出せば、案《あん》の定《じょう》、脩哉と対峙しているのは秀哉だった。

仕事先からまっすぐ来たのか、スーツを纏ってはいるが、提げているのはいつものブリーフケースではなく、なぜか大きなボストンバッグだった。

どうしたんだろう、急に……。

そしてふたりはなにを話しているんだろう。

ここからでは距離があって、なんとか単語は拾えるものの、会話全部まではわからない。

本来なら、相手が兄とわかった時点で気後れする必要などないのだけれど、どうも真面目な話をしているようで出るに出られず、唯は息を詰めてじっとふたりの様子を見つめた。

先に踏み出したのは脩哉だった。

「なんで帰ってきた」

あきらかに怒気《どき》を含んだ声に、自分が責められたような気がして恐くなる。

「言わなくてもわかるだろう」

対する秀哉の声もいつにも増して低く響いた。

「抜け駆けしたのはそっちだろ」

「その言葉、そっくりそのまま返してやる」

見たことのないふたりの様子にたちまち不安が押し寄せてくる。

喧嘩《けんか》だったらどうしよう……。

心細さに唇を噛んだその時、階下から秀哉に呼ばれた。

「唯」

「……！」

一瞬、ここにいるのがバレたのかとビクッとなる。

「しょうがないな……。唯、ちょっと降りてきてくれるか」

渋々といったふうに脩哉にも呼ばれ、恐る恐る顔を出すと、脩哉においでと手招きされた。

「突然だが、今日から秀哉も一緒に住むそうだ」

「…………え？」

あまりに予想とはかけ離れた言葉に、理解するまで数秒を要す。

さっき、ふたりは言い争いをしているように見えたのに、いったいどういうことなんだろう。

兄たちの顔を交互に見上げる唯に、先に口を開いたのは秀哉だった。

「ふたりだけなのは心配だからな」

それを聞いた途端、すとんと答えが落ちてくる。

――あ、そっか。

秀哉は、唯が嫌な思いをしないように、困ることがないようにといつも気遣ってくれるような人だ。恐がりの弟のために、わざわざスタジオまで迎えに来てくれたこともあった。

そんな彼だから、普段にぎやかに暮らしている自分たちが両親の不在で寂しい思いをするんじゃないかと気にかけてくれたんだろう。

「秀兄、お仕事大変なのにやさしいね」

「……唯？」

ふり返った脩哉がわずかに眉を顰めている。

唯は、安心させるためにゆっくりと首をふった。

きっと、まだ気持ちがささくれているんだろう。秀兄も、一度こうと決めたらなかなか曲げないところがある。さっきのふたりの様子から察するに、仲直りにはちょっと時間がかかるかもしれない。

それなら、ぼくがその橋渡しになれれば……。

これまでなんでもしてもらうばかりだったけれど、これからはふたりのために役立ちたい。

唯は兄たちを交互に見上げ、にっこりと笑った。

「また前みたいに一緒に暮らせてうれしいな。お父さんたちが帰ってくるまでは、はじめての三人暮らしだね」

ふたりはチラと顔を見合わせ、すぐにこちらに視線を戻す。脩哉は静かな嘆息を、秀哉は対照的に口端に笑みを浮かべていた。

「今夜は、腕によりをかけてご飯作るからね」

おいしいものを食べれば気持ちもほっとするだろう。

ふたりの好物のうちなにを作ろうか、唯はさっそく思い巡らす。

その隣で、兄たちは静かに視線を交わしていた。

*

翌日から三人での生活がスタートした。

家の中に秀哉がいるだけでなんだかくすぐったい。

四年間ひとり暮らしをしていた秀哉とは、生活リズムを合わせるところからはじめないとと思っていたのだけれど、彼は驚くべき順応力であっという間に家に馴染んだ。

もともと唯と同じ時間帯の電車を利用していただけあって、朝の時間の使い方に大きな差はなかったようだ。今が夏休みでなければ一緒に通勤通学できるのにと言う唯に、秀哉はまんざらでもなさそうな顔で笑った。

一方、オフはジムや買い物に出かけることが多かった脩哉も、最近では家にいる時間が増えた。

そうかと思うと、撮影で使ったというひまわりを両手いっぱい抱えて帰ってきて、唯を盛大に驚かせもした。明るいビタミンカラーの花は彼の笑顔のようで、家の中がぱっと明るくなり、食事もいっそう楽しくなった。

なにげない日々のしあわせをしみじみと実感する。

秀哉が家を出る直前は、司法試験だ、修習だと落ち着かない日々だった。その前は唯の高校受験があり、さらに脩哉の転機があったりと、それぞれが自分の道を切り拓《ひら》くために忙しくなり、同じ家に住んでいながらすれ違うことさえあった。

しかたのない面もあったと思う。

だからこそ、お互いに余裕が持てるようになったこのタイミングで、もう一度一緒に暮らせることがうれしい。

兄同士はというと、残念ながらいまだ微妙な状態が続いているようで、ふと気づくと張り合うように相手を見ている時がある。こんなことははじめてだし、決して喧嘩をしているふうでもないので、唯としても首を捻るばかりだった。

兄たちには、兄たちにしかわからないことがあるのかもしれない。

それでも、少しでも早く蟠《わだかま》りがなくなってくれれば……。

そんな思いをこめながら食事を作り続けて一週間。

朝と呼ぶには少し遅めの午前十時、トレーニングを終えた脩哉がリビングに顔を見せた。

「ただいま」

「脩兄おかえり。昨日遅かったけど、走って平気だった？」

唯は家事の手を止め、顔を上げる。

撮影が押しに押したという昨夜、脩哉が帰ってきたのは日付が変わってからだった。疲れが残らないか心配だったものの、表情を見る限り大丈夫そうだ。

それに、今日は一日オフだと言っていたから、家でのんびりしてもらえるだろう。唯もケータリングはお休みだ。

「なにしてるんだ？」

調理台に近づいてきた脩哉が、ひょいと手元を覗きこむ。

「南蛮漬け作ろうと思って準備してたとこ。今日はお弁当もないし、ふたりが好きなものたくさん並べようかなって」

鯵《あじ》の南蛮漬けは兄たちが揃って好きな数少ないメニューだ。和気藹々《わきあいあい》と食べるうちに気持ちが和らいでくれたらうれしい。お酢は身体にもいいし、青魚と一緒に野菜もたっぷり摂れる。

「抱えて食べたいくらいだ。夕飯が楽しみだな」

「そう言ってもらえると俄然張りきっちゃう」

顔を見合わせて笑い合う。

揚げたての鯵を次々と南蛮酢に漬けこみながら、ふと懐かしいことを思い出した。

今では豆鯵くらいの魚なら手で開けるようになったけれど、料理をはじめたての頃は目が恐くて魚が触れなかったっけ。母親に「お魚さんがこっち見てるよ」と泣きついては宥《なだ》められたものだった。

そんな昔の話をすると、脩哉は意外そうな顔をした。

「おまえでも苦手なことがあったんだな」

「な、なに言ってるの。当たり前だよ」

むしろ、なんでもできると思われていたことに驚いてしまう。

「ぼくだって失敗するし、苦手なこともあるけど……でも、脩兄たちがいてくれるから」

「俺が？」

「おいしいって食べてくれるもの」

料理の仕上げをしている時だけでなく、下茹《したゆ》でや灰汁《あく》抜きといった下ごしらえをしている時ですら、食べてくれる人の顔を思い浮かべるだけで自然と顔が綻んでくる。こんな食べ方をしたらどうだろう、あの食材と組み合わせたらおいしいかもしれないとあれこれ考えているうちに試したくなって、やたら品数が増えるのが目下しあわせな悩みでもあった。

「最近、二段のお重箱でも入り切らない時があってねぇ」

作りすぎだよねと眉を下げる唯に、脩哉は感慨深げに口を開く。

「おまえがいてくれて、よかった」

「脩兄？」

ずいぶん大袈裟な言い方にきょとんとしてると、脩哉はゆっくりと首をふった。

「料理だけでなく、家のことはなんでもできるだろう。俺より十歳も年下なのにおまえはすごいな」

それに、と言葉を続けながら目を細める。

「唯がいてくれるだけでほっとするんだ。そういうのは誰にでもできることじゃない。俺は、人としておまえのことを尊敬してる」

「……脩兄……」

まっすぐに見つめられて、それ以上なにも言えなくなってしまった。

脩兄が、そんなふうに思ってくれてたなんて……。

「ありがとう。……すごく、うれしい」

なんだか胸がいっぱいで、ちゃんと言えなくてごめんね。

そうつけ加えると、脩哉は小さく首をふってからやさしく頭を撫でてくれた。

「よかった。伝えておきたかったんだ」

「うん」

充分すぎるほど伝わった。

「こうなったら、なにがなんでもおいしくなってもらわないとね」

南蛮漬けの入ったバットを指先でちょんとつつく。冷蔵庫で半日じっくり漬けこんだら完成だ。

そんな唯を見ながら、脩哉がしみじみと呟いた。

「やっぱり、料理してる時が一番いい顔してるな」

「え？　ぼく？」

そんなこと言われたのははじめてだ。

ぱちぱちと瞬きをくり返していると、脩哉はいいことを思いついたとばかりに指を鳴らした。

「俺にも教えてくれないか？　一緒に作ってみたいんだ」

「教えるって……料理を？」

「そうすれば、もっと傍で見ていられるだろう？」

得意げにウィンクまで飛んでくる。

それに密かにドキッとしつつ、唯はあらためて調理台の周りを見渡した。

休日に備えて買っておいたカンパーニュが籠に入っている。紫タマネギもあったはずだし、この間輸入食材店に行った時にピクルスやスモークオイルサーディンも買いこんであったっけ。

「じゃあ、簡単なブランチ作ろっか。脩兄、オープンサンド好きだったよね？」

「おまえが作るものならなんでも好きだぞ」

「もう。それじゃメニューが決められないでしょ」

軽く頬を膨《ふく》らませた唯に、脩哉が噴き出す。あっという間にいつもの調子が戻ってきて、一緒になって笑いながら手早く支度にとりかかった。

オープンサンドなので、パンの上に好きな材料を載せていけば完成だ。これを料理と呼んでいいかは微妙だけれど、楽しんで作れたらまずは合格ということにしよう。

カンパーニュをスライスし、オーブンで軽く焼き色をつける。

スモークオイルサーディンの缶詰は少し力がいるので脩哉に開けてもらった。

脩哉が油を切っている間、唯はスライスオニオンを作る。ほんの少しの量なので涙が出るほどではなかったのだけれど、近くにいた脩哉はやたらと顔を顰めた。

「脩兄、生のタマネギ大丈夫だったよね？」

「食べる分にはな。こんなに目に染みるもんなのか？」

「これはまだ序の口だよ」

「そうか……」

真剣な顔で悩む脩哉がなんだかおかしい。

トーストしたカンパーニュの上にスライスオニオンとピクルスを重ね、スモークオイルサーディンを載せる。その上にマヨネーズを細く絞ればでき上がり。

サラダとともに平皿に盛りつけていたところで、秀哉が階下へと降りてきた。

今日は土曜なので彼もまた休みだ。

「あ、秀兄。今ね、脩兄とオープンサンド作ってたんだよ」

「オープンサンド？」

こちらを見た秀哉が一瞬だけ眉を顰める。

「ほら、おいしそうにできたでしょ？　たくさんあるから秀兄も食べる？」

「いや、俺は朝食を摂ったから遠慮しておく」

「唯。俺が全部食べるから心配いらない」

脩哉がそう言うので、それならばと唯はステンレスポットを持ち上げてみせた。

「ちょうどコーヒー淹れたんだけど、こっちはどうかな」

「あぁ、もらおう」

短い返事にほっとしながら、秀哉の気が変わらないうちに急いでカップにコーヒーを注ぐ。

食事の時以外、なかなか一緒にいることのない兄たちだ。テーブルに着いた秀哉がコーヒーを啜るその向かいで、脩哉ができたてのオープンサンドに手を伸ばした。

「いただきます」

そして一口頬張るなり、見ているこっちがうれしくなるほど破顔する。

「うん。うまい」

「よかった。無理しないで食べてね」

「せっかく一緒に作ったんだ、残すわけないよ」

「……もう」

なんだか恥ずかしくなってきて、唯もそろそろと自分のコーヒーに手を伸ばす。

しばらくその様子を見守っていた秀哉が、半分干したカップをテーブルに置くなり口を開いた。

「ところで、唯に用がある」

「ぼく？」

「これから時間をもらえないか。連れていきたいところがあるんだ」

「それは、いいけど……」

チラと脩哉を見る。

彼はまだ食事をしている最中だ。食べ終わったら後片付けがあるし、それから……。

「それぐらい、脩哉にもできるだろう」

考えていることが顔に出ていたのか、秀哉が早々に一蹴《いっしゅう》した。

途端、脩哉が好戦的な顔つきになる。

「食事中に横取りするのはいくらなんでも行儀が悪いんじゃないか？」

「俺の予定をどうしようと俺の勝手だ」

「あ、あの……」

なんだか急に刺々《とげとげ》しくなったような……？

おろおろとふたりの顔を交互に見つめていると、秀哉が小さく嘆息しながら肩を竦めた。

「それなら、食べ終わるまで待ってやる」

「この後も俺は唯と過ごすつもりだったんだ」

「それは残念だったな」

「それこそこっちの台詞《せりふ》だ」

「あ、あ、あの！」

一触即発の空気をどうにかしたくて、無理やり手を上げて割って入る。

「あのね、思いついたんだけど……その……」

向けられる強い眼差しにたじたじとなりながらも、唯は思い切って提案してみた。

「三人で、一緒に行ったらどうかな」

「唯？」

「せっかく秀兄が誘ってくれたんだし、土曜日に三人一緒にいることってなかなかないし……。脩兄もよかったらだけど、どうかな」

ふたりの顔を交互に見遣る。

秀哉はわずかに眉を寄せ、脩哉はさりげなく目を閃かせて同意を示した。

「俺は構わないぞ？」

「脩兄、ほんと？」

「おまえがそう言うならしかたがない」

「秀兄もありがとう」

決まりだ。

三人で出かけるなんて久しぶりだとわくわくする唯とは対照的に、兄たちはまだなにか言いたそうにしている。

けれど弟の手前、それ以上の言葉を飲みこんでくれたのか、互いに目を見返すだけに留まった。

食事を終えた脩哉が着替えてくるまでの間、唯は手早く後片付けを終わらせる。

かくして、三人は揃って家を後にした。


抜けるような青空から容赦《ようしゃ》ない太陽光が降り注ぐ。

まだ昼前だというのに気温は上がる一方で、どうやら今日も真夏日になりそうだった。

電車を乗り継いで三十分、デパートやブランドショップが建ち並ぶエリアが今日の目的地のようだ。

快晴の土曜ということもあり、大通りはウィンドウショッピングを楽しむ人たちであふれている。

ハンカチを額に当てながら日陰に駆けこむ老紳士、色とりどりの日傘《ひがさ》の下で楽しそうにお喋りしている女性たち。歩行者天国に設定された夏の風物詩とも言える氷柱が行き交う人々の目を楽しませていた。

——とはいえ、暑いものは暑い。

「こうも暑いとバテそうだよねぇ」

早くも音を上げる唯とは対照的に、前を行く兄ふたりは暑さなどどこ吹く風と表情を崩さない。

秀哉がこちらをふり返り、やれやれと息を吐いた。

「その格好で音を上げるな」

唯が着ているのは白いポロシャツにチノパンだ。家の中ではハーフパンツを穿《は》いていたのだけれど、着替えていった方がいいと言われ、手持ちのズボンの中から一番生地の薄いものを選んだ。

対する秀哉は、休日だというのにカッターシャツにスラックスを身につけている。シャツの色は濃いグレーで、いつもの彼とは雰囲気が変わってさらに大人っぽく見えた。

どう見ても唯より暑そうだし、長袖というのも辛そうに見える。

そう言うと、秀哉は「慣れてるからな」とさらりと受け流した。

「いつもはこの上に夏物のジャケットまで着てるって知ってるだろう」

「そうでした……。よく我慢できるね」

「まぁな」

脩哉も気遣わしげにこちらをふり返る。

「唯、大丈夫か？」

オフホワイトのサマーニットがやわらかい雰囲気によく合っている。撮影で鍛えているだけある涼しげな笑顔に、尊敬の念さえ湧き上がった。

「無理しないで、具合が悪くなる前に言うんだぞ」

「うん。ありがと。まだ平気だよ」

安心させるように笑ってみせる。

脩哉は小さく笑み返してから、もう一度前に向き直った。

兄ふたりがそうやって肩を並べて歩く様は、ある意味圧巻だった。

いくら広い通りとはいえ三人横並びで歩くわけにはいかず、かといって縦一列になるのも不自然だしで、結局この形に落ち着いた。どちらが唯の手を引くかで揉《も》めているのを見た時には「いくらぼくでももう迷子になったりしないから」とついつい止めに入ったほどだ。

この年になっても心配されちゃうんだよねぇ……。

些か心配性の兄たちの背中を見つめながら、唯はこっそり苦笑する。

その時、昂奮気味な声が聞こえてきた。

「ねぇ、見て見てあの人。格好いい」

声のした方を見ると、自分と同じ年ぐらいの女の子たちが頬を赤らめながら脩哉を見ている。

「モデルじゃない？　すっごい整ってるもん」

「あ、私知ってる。高階脩哉じゃない？　ほら、雑誌に載ってたよ」

ひとりが言い当てると、途端に「うそ、すごい！」と歓声が上がる。

唯にとっても、脩哉が一般の人たちに認知される場に遭遇《そうぐう》するなどはじめてのことで、やけにドキドキしてしまった。

すごい脩兄。有名人だ……。

彼女たちは一定の距離を保ちながらも、なおもきゃあきゃあと盛り上がっている。本人たちは小声のつもりなんだろうけれど、すぐ傍にいる唯には会話の内容がまる聞こえだ。もちろん脩哉の耳にも届いているだろう。

女の子たちはさらに秀哉にも目を向けはじめた。

「隣の人もモデル友達とかかなぁ」

「ちょっと恐そうだけどすごい美形だよね。並んでると壮観っていうか」

うん、わかる……。

こっそり心の中で同意する。そうしてあらためて周りを見回してみると、兄たちに向けられる視線の多さに気がついた。

華やかで人を惹《ひ》きつける雰囲気の脩哉と、ストイックで凛とした空気感を持つ秀哉。

女性だけでなく、男性までもすれ違いざまに目を遣っては、そのまま吸い寄せられるように見つめている。それを一歩下がって観察するうちにいつしか暑さも忘れてしまった。

こうしてみると、ほんとにすごいんだなぁ………。

まるで違う世界を垣間見ているような気分だ。いつもは家で、電車の中で、あるいは撮影現場で対峙してきた兄たちが第三者からどう見られているのかを知って、なんだか新鮮だった。

こんなふたりがお兄ちゃんなんだよね。

はじめて出会った時も思った。自分にはもったいないくらいの自慢の兄だ。ふたりの背中を見ているうちにうれしさがこみ上げてきて、唯は何度もゆるみそうになる頬をごまかすのだった。

そうしていくらか歩いた後で、秀哉は細い路地へとふたりを促す。

そういえば、ふたりに見とれて忘れていたけれど、今日は連れていきたいところがあると言われていたんだっけ。

「秀兄、これからどこに行くの？」

前を行く背中に問いかけると、秀哉が肩越しにふり返る。

「おまえの役に立つところだな」

「ぼくの？」

いったいなんだろう。

首を傾げる唯に小さく含み笑った秀哉は、ついに一軒のテーラーの前で立ち止まった。

「――ここだ」

飴色《あめいろ》に輝く重厚な木製のドア。

左右に大きく取られたショーウィンドウの中で、マネキンが一分《いちぶ》の隙もないコーディネートを披露《ひろう》している。店内の照明はゆるく落とされていて、天井のアンティークシャンデリアが美しく映えた。

まさに、英国紳士御用達《ごようたし》のような店構えだ。

「すごいね……」

見ているだけで圧倒されてしまう。普段こういったところに縁のない唯ですら、一目で高級な店だとわかった。

「へぇ。SHINOZAKIに馴染みがあるのか」

「脩兄、知ってるの？」

さらりとした口調に驚いて脩哉を見上げる。

「撮影でここのスーツを着たことがあるんだ。とても着心地がよくて覚えてた。店に来るのははじめてだけどな」

「そうだったんだ……」

老舗《しにせ》の風格が漂うドアを見つめていると、秀哉にポンと肩を叩かれた。

「ほら、入るぞ」

その瞬間、我に返って後退《あとずさ》る。

「ま、待って秀兄。ぼく、こんな格好なのに!?」

「ハーフパンツじゃなくてよかったろう」

「そうだけど、いやもう、そういう問題じゃなくて……っ」

全身完璧にコーディネートしていたとしても気後れしてしまいそうな店なのだ。兄たちなら似合うかもしれないけれど、自分はまるで雰囲気に合わない。

そう言って尻ごみする唯に、秀哉は得意げに口端を上げた。こんな笑い方をする時、彼は絶対に自分の意見を曲げないと知っている。

「おまえを、ここにふさわしい男にしてやる」

「……そんなこと、できたら魔法だよ……」

もうどうにでもなれの心境だ。

情けない声を洩らす唯に含み笑うと、秀哉は先に立って重厚な扉を開けた。

「いらっしゃいませ、高階様」

「……！」

出迎えてくれた初老の男性にいきなり名前を呼ばれ、面食らってしまう。

やわらかなグレーのスーツに身を包み、首から長いメジャーを下げた男性は、唯たちを見てにっこりと品のいい笑みを浮かべた。

「本日はようこそおいでくださいました。お待ちしておりました」

「ど、どうして……？」

唯は男性を見、それから秀哉を見、驚きに目を瞠るしかない。

そんな弟に秀哉が形のいい眉を下げた。

「そうかたくなるな。……オーナー、話をしていた弟の唯です。今日は彼にスーツを」

「畏《かしこ》まりました」

恭《うやうや》しくお辞儀《じぎ》をしたオーナーは、あらためて唯に向き合う。

「この店のオーナーをしております、篠崎《しのざき》と申します」

「あっ、……えと、高階唯です。よろしくお願いします」

「こちらこそ、お洋服選びのお手伝いをさせていただき光栄でございます」

なんだか、あれよあれよと話が進んでいるけれど全容が見えない。

小声で「秀兄」と袖を引くと、とうとうこらえきれなくなったらしく秀哉が笑った。

「今日はおまえのスーツを作りに連れてきたんだ」

「スーツ？　ぼくの？」

それこそ青天の霹靂《へきれき》だ。

驚く唯を見て、篠崎は「おやおや」と鼻眼鏡《めがね》の奥の目を細めた。

「事前にお話なさらずにお連れになったのですか。高階様は意地が悪い」

「行きたくないと駄々《だだ》を捏《こ》ねられると大変ですからね。さっきも店の前で尻ごみをして」

だって……！

思わず頰を膨らませそうになって、慌ててやめる。この店の中でそんなことをしたら余計場違いに見えてしまう。

「それより、どうして？」

せめて理由をと見上げると、秀哉はさも意外そうに片眉を上げた。

「就職活動で必要だと言っただろう。ＯＢ訪問とやらがはじまるんじゃなかったのか？」

「あ……」

そういえば以前、そんな話をした気がする。

「俺に相談しろと言っておいたのに、おまえはちっともそんなそぶりがない」

「それはその、いろいろと……」

両親が海外に行ったり、秀哉が越してきたりとバタバタしていたせいですっかり忘れていた。半分はここにいる兄のせいなのだけれど、当の本人は気に留めるつもりはないようだ。

「夏休みが終わったらあっという間に忙しくなるぞ。それまでに用意しておいた方がいい」

「秀兄、それでわざわざ？」

秀哉はなんでもないことのように肩を竦める。

「約束したろう。おまえがスーツを作る時は、俺が一式揃えてやるって」

ふと……眼差しに艶が混ざったように見えたのは気のせいだろうか。

秀哉が小さく咳払いをした。

「リクルートスーツならパーソナルオーダーがいいだろう。ピーク時にはほぼ毎日着るものだ、身体に合うものの方がいい。その代わり、無事に就職できたらその時はビスポークで作ってやる」

「え？　ビス……、なに？」

さっそく置いてきぼりを食らった唯に、篠崎がていねいに教えてくれる。

「要は専用にお仕立ていたしますよ、ということです」

ビスポークとはいわゆるフルオーダーで、着る人間のスタイルや好みを反映した、この世でたった一着のスーツのことだ。

対するパーソナルオーダーメイドはそれよりもだいぶ敷居が低く、あらかじめ用意された型見本をもとに簡単な採寸をし、色柄やデザインを選ぶ。自由度こそビスポークに及ばないものの、時間的にも価格的にもリーズナブルなため、最近ではオーダースーツの入門編としてパーソナルオーダーを利用する若い男性が増えたという。

てっきり吊るしてあるものから選ぶと思っていたのに、なんだか大変なことになってきた。

助けを求めるように篠崎を見ると、目尻に皺を刻みながら彼は目を細めるばかりだ。

「存分におねだりなさいませ」

そうして楽しそうに「ふふふ」と口髭《くちひげ》を揺らす。

「あの、失礼ですが、おいくらぐらいするんでしょう……？」

「オーナー」

篠崎に目で口止めを要求した秀哉は、続けて唯にも釘を刺した。

「おまえは余計なことは気にせずにいいものを作ってもらえ。彼はテーラーでありカッターでもある。全部任せて安心だ。生地選びなら後から俺が手伝ってやる」

やり取りを見守っていた篠崎が顔を綻ばせながら秀哉にカタログのようなものを手渡す。

「高階様方はお待ちの間、こちらでも」

秀哉がそれを受け取る横で、脩哉は棚の方を指した。

「俺は店内を見せていただいても？　……実は以前、こちらのスーツを着る機会があったんですが、他のものとは着心地が段違いで驚きました。だから興味津々で」

脩哉の言葉に、篠崎は目尻の皺をさらに増やす。

「そのようにおっしゃっていただけて光栄でございます。どうぞごゆっくりご覧くださいませ」

笑み交わした脩哉は、唯たちに向かって「じゃあ」と軽く手を上げるなり、一足先にフロアへと歩いていった。

「それでは参りましょう」

唯も篠崎に促され、奥にあるフィッティングルームへ向かう。秀哉はこちらに目を向け、行ってこいと軽く頷くだけだった。

よほど篠崎を信頼しているのか、どうやら本当に一任のようだ。

落ち着かない思いで周囲を見回しては、その非日常的な空間にますます胸がドキドキした。

床には濃紺の絨毯《じゅうたん》が敷かれ、ところどころに同色の布を張った猫足のチェアが置かれている。内装は鏡の木枠に至るまですべて表の扉と同じ飴色の木材が使われ、凛とした雰囲気を醸《かも》していた。

ひとつひとつが洗練されているのがよくわかる。すべて篠崎の目利きによるものだろう。

ふとふり返ると、秀哉がカタログを捲《めく》りながら優雅にソファで寛《くつろ》いでいるのが見える。英国紳士然とした貫禄に唯は思わず足を止めた。

秀兄、似合ってる……。

この店の空気に押し負けていないどころか、雰囲気さえも味方につけて男らしさをいや増している。

ほう、とため息をつきかけたその時、「高階様」と小さく呼ばれた。

「えっ、あ、はい」

「お似合いでいらっしゃいますでしょう。あのシャツも、当店でお作りさせていただきました」

「わぁ、そうなんですね。いつも白いシャツばかりなので新鮮だなって思ってたんです」

「ほんの二日前にお渡ししたばかりですので」

篠崎が楽しそうに微笑む。

「大事なご用事のようでしたので、急いでお仕立てさせていただいたのですが、本日お召しになられるとは思いませんでした。よくお似合いです」

……うん？

それはもしかして、今日のためにに作ったということだろうか。

首を傾げる唯に、篠崎は煙《けむ》に巻くようにふわりと笑った。

「高階様がはじめて当店においでになった時も、今日のように暑い日でした――」

秀哉がSHINOZAKIを訪れたのは、彼が就職した年の夏のこと。司法を目指すきっかけとなった先輩弁護士に連れられ、やってきたのだという。

「彼はスーツが似合うだろうと、それはそれは先生のご自慢でした」

「その先生も、このお店のファンだったんですね」

「そう思っていただけていれば光栄でございますね。先生は、大事な後輩が晴れて弁護士になったからお祝いに一着作ってくれと、今日のようにおいでになりました」

なるほど、それでわかった。

「これがやりたかったんだな、秀兄は……」

「そのようでございますね」

篠崎は、息子以上に年の離れた秀哉にやさしい眼差しを注ぐ。

「高階様は、どんなに暑い日でもスーツをお召しの際は決して上着をお脱ぎになりません」

「それ、さっきも話してたんです。慣れてるからって言ってましたけど、もしかして……」

篠崎が頷く。

「スーツをとても大事になさる方ですから。ご自分でお作りになったものも含めて、思い入れを持って着てくださっているのがわかるのです」

普段は寡黙《かもく》な人だから、秀兄はあまり多くを語らない。知らないまま過ぎてしまうこともきっと少なくないだろう。

だからこそ、今日はここに来てよかった。こんな話を聞けてよかった。

そう言うと、篠崎は糸のように目を細めた。

「きっとおよろこびになりますよ」

「じゃあぼくは、頑張ってちゃんと就職しないと」

「それなら私どもも、そのための一着をお作りしませんと」

顔を見合わせてくすりと笑う。

「それでは高階様。さっそくですが、どうぞこちらに」

手のひらで指し示されたのはフィッティングルームだ。

中は五面鏡のあるゆったりとした造りで、オフホワイトを基調にしているせいか、同じ店内とは思えないくらい明るい。

そこに、篠崎は五種のジャケットサンプルを持ちこんだ。

「リクルートスーツとのことですので、シングルボタンタイプをご用意させていただきました」

どれも襟の形やボタンの数など少しずつ違うらしいのだけれど、唯にはちんぷんかんぷんだ。

就職したいおおよその業界を訊かれ、管理栄養士になりたいのだと答えると、篠崎は「それなら」と言ってボタンがふたつついた定番のタイプを勧めてくれた。

「食の安心、安全といった分野では信頼感を重視されます。福祉施設や食品関連企業を回られることになるでしょうから、堅実な印象を重視して選んで参りましょう」

「そっか、そういうふうに考えるんですね」

「そのための洋服屋でございますから」

篠崎は微笑みながらゲージサンプルと呼ばれる型見本を取り上げる。

鏡の前で着てみるとなんだかそれらしく見えて、もうすっかりこれでいいような気がした。

けれど、ここからが本番らしい。

「失礼いたします。採寸をさせていただきますね」

首にかけていたメジャーを手にするなり、篠崎はあちこちのサイズを測っては手帳につらつらと書きつけていく。ウェストを一センチ刻みで調整すると言われた時には、さすが専用に仕立てるだけあると驚いた。

採寸が終わった後はいよいよ素材選びだ。

フィッティングルームを出ると、外で秀哉が待っていた。

「どうだった」

「全部篠崎さんにお任せした」

ぐったりして答えると、秀哉がおかしそうに「そうか」と笑う。どうやら正解だったようだ。

篠崎が秀哉に報告した。

「ふたつボタンのシングル、センターベントをお勧めいたしました。お色は濃紺またはダークグレー、無地のものがよろしいかと存じます」

「サンプルを見せていただいても？」

「もちろんでございます」

篠崎は大量の布や見本帳を持ってきて、フィッティングルームの平台に並べはじめる。

そこからはふたりの独壇場《どくだんじょう》で、時々顔映りを確かめるようにサンプルを唯の胸元に当てながら長いこと議論が続いた。

唯には飛び交う単語はほとんどわからなかったけれど、篠崎とふたりでオーダーを決めている秀哉がなんだか楽しそうに見えてうれしくなる。

本当に、好きなんだなぁ……。

秀哉に選んでもらい、篠崎に作ってもらったスーツを自分は着るのだ。そう思ったらとても誇らしくなった。きっと数年前、秀哉が感じた気持ちと同じだ。

――大事にしよう。

品のいい濃紺の布地を見ながら心の中で誓う。

その間にも秀哉たちは靴、鞄、ベルトにタイバーと、文字どおり一式を揃えていった。

両手にネクタイを持った秀哉に呼ばれる。

「唯。どっちがいい」

右手にはサックスブルーの細かいチェック、左手には紺のレジメンタルストライプが握られていた。

「秀兄には斜め柄の方が似合うと思うな」

条件反射で答えてから、それが自分用に選ばれたものだったと思い出す。

秀哉は眉を寄せ、それを見た篠崎が器用に肩で笑いをこらえた。

「ご、ごめん」

さすがに恥ずかしい。

秀哉はなにかを逡巡するように首を傾げ、それからその両方ともを篠崎に向かって差し出した。

「片方は私に」

「畏まりました」

篠崎が楽しそうに「プレゼントとして包装いたしますね」と微笑む。

その後は最終調整だ。

全体のイメージを確認すべく選んだ素材に近いゲージサンプルに袖を通し、先ほど見立ててもらった小物を合わせる。四苦八苦しながらネクタイを結び、シンプルなスクエアヘッドのタイバーを留めると、それだけで一足飛びに大人になったような気がした。

「ど、どうかな……？」

ドキドキしながらフィッティングルームを出る。

秀哉だけでなく脩哉も待ち構えていたようで、ふたりは無言のまま食い入るように見つめてきた。どんな服も格好よく着こなす脩哉。スーツに一方《ひとかた》ならぬ思い入れを持つ秀哉。そんなふたりに見つめられているのかと思うと恥ずかしくてつい目が泳いでしまう。

それでも無言に耐えられず、そろそろと上を向くと、目が合った脩哉が小さくため息をついた。

「とてもいいよ。唯」

そう言ってうれしそうにライトブラウンの目を細める。

「ほんと？　あの、服に着られてないかな」

「はじめから完璧に着こなせるやつなんていないさ。それでも充分、よく似合うよ」

まずは合格点をもらえたようだ。

「だが、ネクタイの結び方はもう少し勉強した方がよさそうだな」

今度は秀哉だ。

至近距離に近寄った彼に軽くノットを持ち上げられ、あっという間に解かれてしまう。慣れた手つきで形を整えてゆく端整《たんせい》な面差しに思わず胸がドキッと鳴った。

あとほんの少しでも近づいたら唇に触れてしまいそうだ。

――キス、された時みたい……。

あの夜のことを思い出し、唯は思わず息を詰めた。

喉に触れるあたたかな手、ネクタイを結ぶ長い指先。それらをシャツ越しに感じているといけないことをしているような気分になる。

こんなこと考えるなんて……脩兄もいるのに……。

そっと目を伏せる。あのキスはただのスキンシップなんだと自分では納得したつもりだったのに、どうしてもドキドキしてしまうのを止められない。

「どうした。顔が赤い」

秀哉がくすりと笑みを洩らした。

「大丈夫…だよ？」

「そんなに潤んだ目をしてか？」

耳元で低く囁かれ、背筋をぞくぞくしたものが這《は》い上がる。ようやくのことで身体を離されてから
も、触れられたところに残る甘く痺れたような感覚は長い間留まり続けた。

鏡の中の自分と目を合わせづらく、絨毯敷きの床に視線を泳がす。

「唯」

呼ばれて顔を上げると、手を伸ばしてきた脩哉に、なぜかむにむにと頬を揉まれた。

「ゆ、脩兄？」

「はは。やわらかいな。そんなに緊張しなくていい。いつもどおり笑っておいで」

「も、もう。人をハムスターかなんかみたいに……」

「かわいいのは一緒だろ」

そんなことさらっと言うなんて……！

後ろで控えている篠崎がどう思うか気が気ではなかったものの、さすが老舗テーラーのオーナーだ
けあって見て見ぬふりが上手なようだ。なおも脩哉に頬を撫でられ、髪を梳《す》かれて、半ば強制的に緊
張が解れた。

「カメラがあればよかったな。そしたらとっておきの一枚が撮れたのに」

「なに言ってるの、脩兄は。ぼくはモデルさんじゃないんだから」

そうしている間にも、脩哉は両手でファインダーを作って写真を撮る真似をする。

「俺がモデルにしてみせようか？」

「え？」

「ほら、肩を開いてもう少し胸を張ってごらん。それから顎を引いて……。頭を後ろに引くイメージでやってみるといい」

そう言うなり、脩哉のポージング指導がはじまった。

さすが現役モデルだけあって、コツを熟知した教え方に、あっという間に鏡に映る印象が変わるのが自分でもわかる。脩哉の手によって見違えていく自分が新鮮で、唯はたちまち夢中になった。

「あぁ。すごくよくなった」

鏡の中で脩哉と目が合う。

ライトブラウンの双眸に、ふわりと甘いものが混じったように見えてドキッとなった。

全身をくまなく見つめる視線。立ち方をアドバイスしてくれているだけとわかっているのに、眼差しに撫でられているようでやけにドキドキしてしまう。

今、変な顔してるかも……秀兄もいるのに……。

チラと鏡の中の秀哉を見上げる。彼が脩哉を睨《にら》んだように見えたのは一瞬のことで、すぐに不遜《ふそん》な笑みに変わった。

秀兄……？

けれど唯が声をかけるより早く、脩哉のスマートフォンが着信を告げる。どうやら桜井からの電話だったようで、脩哉は「ごめん」と断るなり慌ただしく店の外へと出ていった。

「お仕立て上がりの日を確認して参ります」

篠崎も一礼してカウンターへと戻っていく。

秀哉とふたり鏡の前に残された唯は、一段落ついてあらためて支払いのことに思い至った。

「あの、秀兄」

言わんとすることを察したらしい秀哉が、皆まで言わせず手で制す。

「俺が勝手に連れてきたのに、おまえに払わせるわけがないだろう。いいから就職の前祝いだと思って受け取っておけ」

「そんな、もったいないよ」

「全身俺の好みに仕立てたからな。俺の我儘だ」

どういう意味だろう。

以前も我儘と言ったことがあったっけと首を傾げていると、真後ろまで歩み寄った秀哉に両肩に手を置かれた。

「脩哉に割って入られたのは癪《しゃく》ではあるが、結果を見れば悪くはない」

「え？」

「おまえをここにふさわしい男にしてやると言ったろう？　どうだ、魔法にかかった気分は」

そうだ——。

あんなに尻ごみしたのが嘘のように、鏡にはそれなりにスーツを着こなした自分が映っている。

顔映りのいい濃紺の上着も、爽やかなサックスブルーのネクタイも、全体を引き締める黒い小物も、全部秀哉に見立ててもらったものだ。選んでもらった布地で、測ってもらったとおりのサイズで仕立て上げてもらったら、きっともっとよく見えるに違いない。

背の低い、童顔の自分にはスーツなんて似合わないだろうと思っていたのに。本当に魔法にかけられたようだった。

「秀兄は、すごいね……」

感嘆のため息しか出ない。

「それなら、素直に甘えてくれた方が俺としてはうれしいんだが？」

鏡の中で秀哉が余裕たっぷりに笑う。

大人の男そのものといった貫禄に、高鳴る胸を押さえながら唯はあらためて秀哉を見上げた。

「ありがとう秀兄。連れてきてくれて……。スーツ、でき上がるのがすごく楽しみ」

どんなにお礼を言っても言い足りないくらいだ。

「ぼく、秀兄みたいになれるように頑張るね」

あらためて約束する。

けれど、返ってきたのはなぜかため息で、予想外の反応に唯はおろおろと秀哉を見上げた。

なにか、間違ったこと言っちゃった……？

「まったくおまえは素直すぎて心配になるな。まぁ、そうやってまっすぐ見てくるおまえがいるから自分に発破《はっぱ》をかけられるっていうのもあるだろうが」

俺とは正反対だなと苦笑する秀哉に、唯は首を捻るしかない。

「秀兄？」

秀哉は脩哉の方を一瞥《いちべつ》し、それからまた鏡越しに目を合わせる。

「男は下心なく自分好みに仕立て上げたりしないもんだ。俺以外のやつには許すなよ？」

「え？　え？」

「独占したいと言っている」

「……！」

驚きのあまりかたまっていると、不意に風のようなキスが頬を擦めた。

「警戒心を持てと言ったのを忘れたか？」

大人びた苦笑さえさっきまでとは違って見える。疼《うず》きはじめた胸を服の上から押さえながら、唯は戸惑いと高揚に目を潤ませるしかなかった。

ただのスキンシップを、こんなに意識するのはおかしいと……そう思うのに。

どうしよう、ドキドキする………。

「唯」

まっすぐに射貫《いぬ》くダークブラウンの瞳。

目を合わせた瞬間、唯は自分の中でなにかが変わりはじめていることを知った。

「――はい、わかりました。わざわざありがとうございました」

失礼します、と静かに受話器を置く。

足音にふり返ると、ちょうど風呂上がりの秀哉がリビングに入ってくるところだった。

「あ、秀兄」

目が合った途端、ドキッとなる。

いつもは襟に覆われている、顎から首筋へと続く男らしいライン。洗い髪をざっくり掻き上げる仕草に思わず見とれてしまいそうになり、唯は慌てて「篠崎さんからだったよ」と電話を指した。

「仕上がりは予定どおり三十日で大丈夫そうだって」

「そうか」

あの後多少の無理をお願いしたため、当初の予定より遅れてもしかたないと思っていたのだけれど、どうやら工房の方でカバーしてくれるらしい。月末といえば、ちょうど両親も日本に戻る頃だ。

「父さんたちに見せたらびっくりするだろうねぇ」

この家でスーツを着る人間は秀哉ぐらいだ。まだ大学に入ったばかりだと思っていた唯が同じ格好をしたら、ふたりともさぞや目を丸くするだろう。

「いっぱい見せびらかすんだ。秀兄に作ってもらったんだよって」

その日が今から待ちきれない。

けれど笑みを洩らす唯とは逆に、秀哉はなぜか渋い顔をした。

「言っておくが、一番最初に見せるのは俺だからな」

「え？　……わっ」

前触れもなく胸に抱き寄せられる。

いつもはスーツ越しに触れる身体も、今夜は黒いヘンリーネックシャツ一枚だけだ。

仕事が忙しいはずなのにどこで鍛えているのか、胸板は厚く、身体も引き締まっているのがわかる。

薄い布越しに直《じか》に伝わってくる体温がやけにリアルでドキッとなった。

「あ、あの、秀兄……」

軽く身動《みじろ》いでみても離すつもりはないらしい。

秀哉は目を合わせたまま、右手を唯の項《うなじ》に這わせた。

「ネクタイを結んでやらないといけないだろう？」

「……んっ」

ゆっくりと首筋を撫で下ろされ、ぞくぞくしたものが背筋を伝う。恐いとも、気持ち悪いとも違う、けれどうまく言葉にできない感覚に唯は小さく身を震わせた。

ネクタイを直してもらった時の、いけないことをしているような気持ちが甦る。あの時も、シャツ越しに感じる体温に胸を高鳴らせてしまったんだっけ。

そしてキスをするみたいに、顔を近づけられた……。

思い出しただけで頬が熱くなる。そのせいで名を呼ばれ、顔を上げるよう促されても、恥ずかしくて視線を泳がせるしかできなかった。

「まったく、困ったやつだな」

頭上から小さな苦笑が降ってくる。

恐る恐る目を上げると、秀哉は感慨深そうに嘆息した。

「そんな顔もするようになったのか」

「え？」

困っていると言ったのに、どうしてだろう、なんだか秀兄がうれしそうに見える。

大きな手で髪を梳かれ、安心感からうっとり目を閉じていると、ややあってから秀哉がまたも盛大なため息をついた。

「これからは理性との戦いらしいな」

「秀兄？」

きょとんとして見上げていると、秀哉はなんでもないというように首をふる。

「それより、スーツは就職の前祝いなんだからな。しっかり頑張るんだぞ」

「え？　……あ、うん」

急に現実に引き戻される。

離れていく腕に名残惜しさのようなものを感じてしまい、そんな自分に気がついて、唯はそっと眉を寄せた。

なんかぼく、変だ……。

これじゃ、抱き締めてほしいと言っているようなものなのに。

じわじわと恥ずかしくなってきて、慌てて熱い頬を両手で押さえる。

「どうした」

「あの、えっと、なんでもないから」

どうごまかそうかと思ったその時、ガチャリと玄関の鍵が開く音がした。

「あ、脩兄が帰ってきた」

ぱっと玄関の方に顔を向けた途端、今度は後ろから抱き竦められる。

「秀兄どうしたの？　脩兄帰ってきたよ？」

首を捻って秀哉を見るも答えはなく、それどころか、まるで自分のものだと主張するように回された腕に力がこもった。

そうしている間にも足音は近づいてくる。

わたわたとしているうちに、ついにリビングのドアが開いた。

「ただいま」

脩哉がふたりを見るなりわずかに顔を歪める。

それは一瞬のことだったけれど、気を悪くさせてしまった申し訳なさに慌てて腕から抜け出した。

疲れて帰ってきたというのに、兄弟が呑気《のんき》にじゃれているのを見て苛立《いらだ》たせてしまったかもしれない。

本来なら唯もケータリングに行く予定だったのだけれど、現場が遠いから無理しなくていいと気遣ってもらっていたのだ。

「お帰りなさい。今日は差し入れできなくてごめんね」

入口で立ったままの脩哉に歩み寄る。

そんな唯の頭越しに、秀哉が声をかけた。

「ずいぶん早かったじゃないか」

「急いで帰ってきて正解だったみたいだな」

脩哉はなぜか秀哉を睨み返している。

そんなささくれた空気を払拭《ふっしょく》すべく、唯はにっこりと脩哉に笑いかけた。

「それより脩兄、ご飯は食べた？」

「いや」

「お腹すいてない？　軽くなにか作ろうか？　それとも、果物でも剝く？」

だがそれも断られる。

本当はなにか少しでもお腹に入れてほしかったけれど、疲れている時に無理強いしても身体に毒だ。

「じゃあ、お茶淹れるね。脩兄はソファに座ってて。秀兄も飲む？」

「俺はいい。……それより唯、さっきの約束、楽しみにしているからな」

「……約束？」

脩哉の肩がピクリと持ち上がった。

秀哉はそれには答えず、ゆったりとした足取りで踵を返す。入口ですれ違いざま、ふたりの鋭い視線が交差するのを唯は息を詰めて見守るしかなかった。

まだ、ちゃんとは仲直りしてないのかな……。

少しもどかしくもあったけれど、自分が首を突っこめることでないのはなんとなくわかる。

小さくひとつ嘆息すると、気持ちを切り替え、唯はお湯を沸かしはじめた。

疲れている時の彼はとりわけコーヒーを好む。お気に入りのオーガニックコーヒーを淹れて出すと、脩哉はようやく息を吹き返したように深呼吸をした。

「いい香りだ」

ゆっくりとカップを傾ける。一口飲んだ後もカップを置こうとせず、揺れるコーヒーを見つめながら脩哉がぽつりと呟いた。

「おまえの傍にいると、ほっとする」

……脩兄？

どうしてだろう、横顔がいつもと少し違う気がする。

「思い違いかもしれないけど……なにか、あった？」

脩哉の肩がわずかに持ち上がったように見えた。

それが見間違いでないとわかったのは、重いため息が追いかけてきたからだ。

「こんな時、なんでもないって言うべきなんだろうけどな。顔に出ているようじゃ失格か……」

「なにがあったか、聞いてもいい？」

そっと隣に腰を下ろす。

「……」

脩哉は一瞬の間を置いて、それから思い切ったように口を開いた。

「――実は、ドラマに出ることになったんだ」

「ドラマ？」

思わず声のトーンが上がる。

そういえば、ケータリングをはじめた頃にも世良さんがそんなことを言っていたっけ。あの時の話がいよいよ本格的に動き出すんだ。

「おめでとう。事務所の社長さんが脩兄にって、勧めてくれたんだよね」

脩哉が弾かれたように顔を上げる。

「どうしておまえが、それ……」

「世良さんから聞いたんだ。脩兄のこと、すごく順調だって言われてうれしかった」

いつも話し相手になってくれる世良は、様々な情報に精通していて常に話題に事欠かない。唯にうれしいニュースを教えてくれたばかりか、仕事が忙しくなると息抜きもままならないだろうと脩哉の体調管理まで気にしてくれたほどだった。

　そんなふうに先輩にも認められてるんだよと背中を押したつもりだったのだけれど、脩哉はなぜか顔を曇らせたままだ。

「……あの、勝手に聞いて怒ってる？」

「いや、そうじゃない。本当に広範囲に広がってたんだと思ってな」

　それは、どういう意味……？

　じっと見つめる唯に首をふった脩哉は、ややあって「まだオフレコだったんだ」と告げた。

　ドラマの話は扱いのデリケートさから事務所の中でもシークレットの扱いで、来月の正式発表まではごく一部の人間しか知らないはずだった。

　それがどこからか洩れて、尾鰭《おひれ》をつけた噂になった。

　いくら脩哉が上り調子だといっても、役者としての実績がない彼がいきなりドラマに出るのは本来おかしい。もともとが俳優志望で、劇団に所属していた脩哉の演技力を買っていたのは事務所社長と、マネージャーである桜井、そして脩哉の舞台を見たことがあるという監督だけだ。

　当然、それを知らない周囲にはあまりに唐突な抜擢に映っただろう。

　素直に「よかったな」と言ってくれる仲間がいる反面、あからさまな視線を向ける撮影スタッフや、値踏みするように見てくるライターもいたという。中には脩哉が監督に取り入ったとか、脚本家の女性を誑かしたなどと好き勝手な声まで聞こえる始末で、気が滅入ってしまったと脩哉は語った。

「読者モデルだった頃も今も、軽いやっかみぐらいなら受け流していられたんだけどな……。誰かに漁られるような真似をされるのは気持ちのいいもんじゃない」

「脩兄……」

こんな時、なんて声をかければいいのか――目を伏せた脩哉が無理して笑っているのがわかり、いても立ってもいられなくなった唯は、とっさに脩哉の手を取った。

「ぼくはいつでも脩兄の味方だからね」

自分にはなにもできないけれど、せめてそれだけは伝えたくて。

「……唯……」

じっと見つめ合ったまま、どれくらいそうしていただろう。やがて息を吹き返すように握っていた脩哉の手に力がこもった。

「ありがとう」

向けられたのは唯が一番好きな、肩肘張らない素《す》の笑顔だ。

そっと抱き寄せられるまま、自分からも腕を伸ばして脩哉をぎゅっと抱き締め返した。

「脩兄は我慢しすぎだよ。なんでもかんでも背負わなくたっていいんだからね」

「……参ったな」

ようやく調子を取り戻したのか、脩哉が小さく苦笑する。

「この歳で弟に慰められるとは」

「慰めになった？」

「あぁ。格好悪いところを見せたな」

「ううん」

唯はそっと腕をゆるめ、至近距離から脩哉を見上げた。

「お仕事では格好つけなくちゃいけないけど、家に帰ってきたら素でいてくれた方がうれしいよ」

そう言うと、脩哉はなぜかもっと困ったように「うーん」と唸《うな》る。

「おまえの前でこそ格好つけていたいんだけどな。……でも、ありがとう」

ふっと吐息を洩らした後で、不意に脩哉の眼差しが熱を帯びた。

「唯には助けられてばかりだ」

「脩兄？」

「おまえが傍にいてくれるだけで、ささくれた気持ちがリセットされるのがわかる。俺が心から笑えるのは唯のおかげだ」

もう一度引き寄せられ、髪にそっとくちづけられる。

――あ……。

あの夜みたいだ。そう思った瞬間、心臓がドクンと鳴った。

どうしてキスを……と、訊いてみたいのにそれができない。

そうしている間にもあたたかな唇は、髪に、額に、瞼の上にとやさしいキスを落としていった。

触れられたところから溶けてしまいそうで身体に力が入らない。

「ドキドキしてるな」

服越しに鼓動が伝わったのだろう、耳元で低く囁かれて頬がかあっと熱くなった。

気持ち悪いと思われたかもしれない。

「あ、あの……ごめん」

「謝ることなんかない。むしろ――」

なにか言いかけ、脩哉ははっとしたように言葉を呑んだ。

今、なんて言おうと……？

その先が聞きたい。聞けたら、キスの意味もわかるかもしれない。

けれど同時に、知ってしまうことを恐いとも思う。否応なくなにかが変わってしまいそうで――

本当は、変わりはじめていることもわかっていて、それでも踏みこむことが恐かった。

「遅くまでつき合わせてすまなかった。もう寝よう」

早々に話を切り上げ、脩哉が立ち上がる。

それでもなお留まり続けるぬくもりの名残に、広い背中を見つめながら唯はそっと胸を押さえた。

ベッドに入ってからもう何度寝返りを打ったろう。

頭に浮かぶのは兄たちのことばかりだ。この頃、妙に意識してしまうことが増えた。

「さっきだって……」

――――ドキドキしてるな。

「……っ」

低音の美声を思い出しただけで鼓動が逸る。兄に対してこんなふうになってしまう自分は、もしかしたらおかしいのかもしれない。

はじめて秀哉にキスされた時、気持ち悪くなかったかと脩哉に訊かれて首をふった。

兄弟なのに、同性なのに、嫌悪感を感じなかった自分を兄が受け入れてくれたことで、混乱が一気に落ち着いたのを覚えている。

「だから、なのかな」

自分にとって兄たちは特別な存在だ。気持ち悪いなんて思うわけがないし、近くにいられることをうれしいと思う。そんな気持ちが高じるあまりドキドキしてしまうんだろうか。とかく恋愛に疎《うと》いせいで、憧れの気持ちをそれと混同している可能性もある。

「そうだよね。きっとそう」

自分に言い聞かせるように何度も呟く。

「好きな人ができたら、きっと変わるよね」

ぼくにもいつか、そんな人が……。

未来の恋人を思い描こうとしたのに、何度やっても浮かぶのは兄たちだけで、唯はとうとう降参の白旗をふった。

今はただ、思いつかないだけだ。現実はそんなはずないってわかってる。

脩兄も秀兄も、大事な兄弟なんだから――。

*

落ち着かない気持ちを抱えたまま一週間が過ぎた。

兄たちのスキンシップは過剰になるばかりだ。

構ってもらえるのはうれしいし、それで気持ちが和むのならいくらでも役に立ちたいと思うけれど、くっつかれるとドキドキする癖が直らない。それどころか鼓動は大きくなるばかりで、今や過剰反応と言われてもおかしくない有様だった。

少しは慣れてくれたっていいのに……。

内心呟きながら胸を見下ろす。

脩哉に頭を撫でられるたび、秀哉に腰を抱かれるたびに、心臓は警鐘《けいしょう》のように早鐘《はやがね》を打つ。いけないことをしているのだと内側から訴えられているようで、それがますます唯を戸惑わせた。

困ったな……。

こんなことははじめてで、どうしたらいいかわからない。

これまでは、なにかあるたび兄たちに相談してきた。そうすることで気持ちはずいぶん軽くなったし、おのずと着地点も見つかったものだ。

けれど、当の本人のことで悩んでいるとなれば、今回ばかりはそうもいかない。

「ふう……」

ついついため息が洩れる。

けれど、すぐに撮影スタジオにいることを思い出し、唯は慌てて背筋を伸ばした。場の空気を悪くしてはいけない。

今回もウィンターコレクションの撮影らしく、セットの中ではチャコールグレーのコートを纏った脩哉が両手に息を吐きかけ、あたためるような仕草をしていた。

脩哉の周りをたくさんの機材やスタッフが囲んでいるにも拘わらず、それらが目に入らないほど彼の一挙一動に釘づけになる。

あの大きな手に髪を撫でられた。あの腕に引き寄せられ、あの胸に抱き締められた。

そしてあの唇に――。

「どうしたの。思い詰めた顔しちゃって」

「わっ！」

突然声をかけられ、飛び上がる。

ふり返ると世良が苦笑していた。

「そんなに驚かれるとは思わなかったなぁ」

「すっ、すみません。ちょっと考えごとしてて……」

自分の世界に入りこんでいたせいで、近くに人がいることにも気づかなかった。

よりにもよって、あんなことを考えている時に話しかけられるなんて……。

恥ずかしくて世良の顔が見られない。うろうろと目を泳がせる唯を咎《とが》めるでもなく、世良は楽しそうに笑うばかりだ。

「俺こそ悪かったね。脩哉に見とれてたんだろ？」

「それは、その……」

「まるできみの王子様だな、彼は。こんな熱烈なファンがいたら俺ももっと頑張れるのに」

今は茶化してくれるのが助かる。

あいまいに笑っていると、不意に世良の目に強い光が宿った。

「唯くんが憧れる気持ちはわかるよ」

「え？」

「脩哉には、人を惹きつけるなにかがある。だから起用してみたくなる。原石を見つけたら誰だって磨《みが》いてみたいだろう？　それがダイヤモンドだって確証がなくても」

「世良さん……？」

なんだろう、言葉の端にチクリとしたものを感じる。これまでこんなことなかったのに。

戸惑う唯に、世良は正面から切りこんできた。

「モデル業界は華やかに見えて厳しいよ。誰もが上に上がりたくて喘《あえ》いでる。だからチャンスは喉から手が出るほどほしいし、自分を原石に見せたくてみんな必死だ」

――――ドラマのことだ。

世良が言外《げんがい》に言おうとしていることに思い至る。

どこかから極秘情報が洩れたせいで、脩哉はおかしなやっかみを受けることになった。仕事で一緒になる機会の多い世良なら不穏《ふおん》な空気に触れたこともあるだろう。

「脩兄は……あの、兄は、一生懸命頑張っています」

その正当な評価としてオファーにつながったのだと思う。それをうらやむのは心情としてはわかるけれど、嫉《ねた》むのはやっぱり違うと思うのだ。

「あぁ、わかってる」

うまく言葉にしきれなかったけれど、世良はそれを笑顔で受け止めてくれた。

「きみが心を痛める必要はないよ。大丈夫、俺に任せてくれればいい。悪いようにはしないから」

「本当ですか」

「脩哉のためにこうして差し入れに来るほど、唯くんは脩哉が大事だろう？」

世良がテーブルの上のトートバッグを見遣る。

今日も、脩兄の好きなものをたくさん詰めてきた。彼のよろこぶ顔が見たいから。少しでも背中を押したくて。

――脩哉が大事だろう？

世良の言葉に、唯は大きく頷いた。

「ぼく、兄のためならなんでもしたいって思ってます」

「いい心がけだね。ますます唯くんが好きになったよ」

世良が艶めいた笑みを浮かべる。

それに微笑を返しながらも、唯は内心気持ちが沈んでゆくのを感じていた。

――兄は、一生懸命頑張っています。

そう。脩兄は頑張ってる。いろんなものを背負いながらも、いつだって前向きに努力してきた。

自分はそんな彼を支えるために、彼の役に立ちたくてケータリングをはじめた。脩兄のためならなんでもしたいと言った言葉に嘘はない。

それは秀兄に対しても同じだ。彼のように、人の役に立つ人間になりたいと憧れていた。

それなのに……………。

「まだなにか悩んでる？」

静かに問われ、はっとなる。いつの間にか黙りこんでいたらしい。

慌てて顔を上げると、世良が気遣わしげにこちらを見ていた。

「表情が晴れないいなと思って。俺の勘違いだったらいいんだけど」

「……どうして……」

この人は、わかってしまうんだろう。

「俺でよければ話相手になるよ？」

するりと心の隙間に入りこむおだやかな声。

一瞬返事をためらってしまい、そんな自分に驚いて、唯は慌てて首をふった。

「えと、大丈夫です。ちょっとぼーっとしちゃって」

だって言えない。言えるわけがない。

兄たちを慕うあまり、憧れの気持ちがおかしな方向にいきはじめているなんて。

触れられるだけで、いや、触れられたことを思い出しただけで、胸を高鳴らせてしまうなんて。

世良は無言で目を細めている。そうやってじっと見つめられていると、心の奥に隠したものまで引っ張り出されてしまいそうで落ち着かなかった。

せめて場の空気を変えたいのに、うまい言葉が見つからない。

無意識のうちに顔を顰めていたんだろう。

「ごめんごめん、じっと見すぎた。きみがあんまり健気《けなげ》だから」

世良はそう言って一拍置くと、明るい声で「ところで」と顔を覗きこんできた。

「俺はちょうど終わるところでね。よかったら、お茶につき合ってくれないかな？」

近くに居心地のいいカフェがあるんだと続ける。

「気分転換になるよ。唯くんはもうちょっと気持ちを楽にした方がいい」

「世良さん」

もしかして、落ちこんでるように見えて、それで気を遣ってくれたのかな……。

迷う唯の背中を押すように世良はさらに言葉を続けた。

「のんびりおいしいお茶を飲もう。それに、唯くんが元気な方が脩哉もよろこぶと思うよ」

「脩兄が……？」

思わず視線の先にいる脩哉を見遣る。

たとえば自分なら、あんなふうに元気に笑っている脩兄が好きだ。思い詰めた顔をしていたらなんとかしてあげたいと思うし、ぼんやりしていたら心配事でもあるのかとすごく気にしてしまう。

脩兄も同じかな……？

幸い、この後用事はない。これまでずっとよくしてくれた世良からの誘いだし、断る理由もない。

なにより、自分が元気になることで脩兄がよろこんでくれるなら。

「それなら、お言葉に甘えさせてください」

「そうこなくちゃ」

世良がパチンと指を鳴らす。

先に帰る旨を桜井に伝えると、唯は世良と連れ立ってスタジオを出た。

「こっちだよ」

案内されたのは駅とは反対方向だ。見慣れない景色の中、世良と肩を並べているのがなんだか不思議な気分だった。

スクランブル交差点で立ち止まり、向かいのビルに設置された巨大な広告掲示板をぼんやり見上げる。全面に貼られたポスターは新番組の告知だろうか、人気俳優たちが並んでいるのを眺めながら、唯はふと、先ほどの会話を思い出した。

——チャンスは喉から手が出るほどほしい。

それはきっと、こういうことだ。

「ここに、顔や名前が出るんですよね」

「唯くん？」

「目を留めてくれる人がいるかもしれない。それが新しいお仕事につながるかもしれない。そういう可能性を持ってるってことなんですよね、ドラマに出るって」

もちろん、それはあらゆる分野に言えることだ。モデル以外の仕事でもその才能を発揮することで、活躍の場はどんどん広がってゆく。

左を向くと、こちらを見ていた世良と目が合った。

「そう。だからこそ、うらやましいって気持ちに際限はないよね」

トン、と胸を突かれたような錯覚に陥る。信号が青に変わり、周囲に急かされるようにして横断歩道を渡る間も、言葉にできない息苦しさに胸の奥がざわざわとなった。

「人の噂ってやつは恐い。一度誰かが口にすると、後は勝手に一人歩きしてしまう」

世良は、歩きながらその内容を詳しく語りはじめる。

脩哉から少し聞いていたとはいえ、中にはイメージダウンを狙ったとしか思えない、事実無根の話もあった。

「脩兄、そんなこと言われてたの……」

あの夜の、疲れた脩哉の顔が頭に浮かんだ。

普段は弱みなんて見せない人なのに、あきらかになにかあったとわかるほど気持ちが疲弊していたんだと思うと胸が痛くなる。

「脩哉のこと、もっと知りたい？」

「……え？」

不意に、耳元で囁かれた声に足が止まった。

たくさんの人たちが行き交う中、自分たちの周りだけが音が消えたようにシンとなる。

「これ以上聞きたくなければこの話はもうしないよ。だけどもし、唯くんがもっと詳しく知りたいなら今日はチャンスかもしれないね」

「世良さん、それ、どういう……」

なにか、脩兄のためになるようなことを教えてくれるんだろうか。

「実は、証拠になるものが事務所にあるんだ。普段は関係者以外は立ち入り禁止だけど、今日はみんな出払ってる。……つまり、唯くんを中に入れてあげられる」

濡れたように閃く漆黒の瞳が、どうする？　と進退を問う。

踏みこむことが少し恐くもあったけれど、それ以上に真実を知りたい気持ちが勝った。

唯にとって脩哉は大切な存在だ。彼の辛い気持ちに寄り添えるように、事実を正しく知るところからはじめなければ。

「お願いします、世良さん。ぼくを事務所に連れていってください」

「わかった」

世良の目が意味ありげに光る。

けれど気を取られたのは一瞬のことで、点滅をはじめた信号に急かされ、それきり忘れてしまった。


案内された事務所は、とあるビルの五階にあった。

「足下、気をつけて」

「ありがとうございます。お邪魔します」

あらかじめ言われていたとおり中には誰もいないようで、世良が鍵を開けてくれる。

中はこぢんまりとしたオフィスに社長室や応接室、パントリーなどの最低限の施設を備えた造りだ。

入口を入ってすぐのところにあるラックには所属モデルが掲載された雑誌が並べられており、中には脩哉のインタビューが載っているものもあった。ほんの一月前、発売されたら買うからねと約束した、あの本だ。

脩兄……。

胸がしくりと痛んだ。

こんなことでもなければ、モデル事務所に足を踏み入れることもなかっただろう。はじめて見る世界に興味を引かれはしたが、それ以上に胸の奥がざわざわとして落ち着かなかった。

証拠になるものとは、どんなものだろう。

そしてそれを見せられた後、自分はどうすればいいんだろう。

座っていてと案内された応接室のソファに腰かけながらキョロキョロとあたりを見回す。不安を抱えているせいだろうか、やけに喉が渇いてしかたなかった。

軽く咳払いしながら室内を眺めていると、しばらくして盆を手に世良が戻ってくる。飲みものを持ってきてくれたらしい。

「すみません。お邪魔した上に、お茶まで……」

差し出されたアイスティーに思わずほうっとため息が洩れる。

「実は、喉が渇いてたんです」

「今日も暑かったしね。冷たいものでも飲んで落ち着こう」

「はい。いただきます」

世良に笑い返しながら、ありがたくグラスに手を伸ばす。

「わ、いい匂い……」

顔に近づけた途端、白桃《はくとう》のような甘い香りがふわりと鼻腔《びこう》をくすぐった。

一口飲んだ後はあまりのおいしさに止まらなくなる。普段人前ではこんなことはしないのだけれど、甘い香りに緊張が解れたせいか、そのまま一気に飲み干してしまった。

「ふう……」

グラスを置くと同時に、氷がカランと透き通った音を立てる。

世良は「いい飲みっぷりだ」と笑いながら、すぐにおかわりを持ってきてくれた。

「ありがとうございます。この紅茶、とてもおいしいです」

「そう？　唯くんの口に合ってよかった」

世良が漆黒の目を細める。

「世良さんは召し上がらないんですか？」

「俺は冷たいのが苦手でね。今、あっちでコーヒーを沸かしてる」

そう言って肩を竦める世良と顔を見合わせて微笑み合う。

「それじゃ、遠慮なくいただきます。なんだかやけに喉が渇いちゃって」

炎天下を歩いたせいだとばかり思っていたのに、不思議と紅茶を飲む前より喉の奥がヒリヒリする。

立て続けに二杯目を飲み干したところで唯はふと、視界がぼやけることに気がついた。

「あれ……？」

眠くもないのにどうしてだろう、目の前が翳《かす》む。

それだけじゃない。熱を出した時のようになんだか頭がぼおっとするのだ。

「どうしたの？」

向かいに座っていた世良が身を乗り出す。顔を覗きこまれ、唯はあいまいに眉を下げた。

「えっと……なんだかちょっと、ふわふわするんです」

「おや。お酒なんて入ってないよ？」

「ですよねぇ」

少しじっとしていれば収まるかと思ったけれど、いつまで経っても持ち直す気配すらない。

それどころか徐々に熱が出はじめたようで、なんだか息が苦しくなってきた。

「日射病にでもなっちゃったのかな……。世良さん、すみません。ちょっと失礼します」

断ってからソファの背に凭《もた》れかかる。目を閉じた途端、瞼の裏がぐるぐると回った。

心臓が狂ったように早鐘を打ちはじめる。

息苦しくてたまらなくて、何度も何度も酸素を求めてはくはくと喘いだ。

なにこれ……どうしよう……。

せっかく連れてきてもらったのに。まだ証拠もなにも見ていないのに。

「――――！」

不意に、カシャッという機械音が響いた。

うっすらと目を開けると、いつの間に席を立ったのか、スマートフォンを手にした世良が上から覗きこんでいる。その顔には、さっきまでとなんら変わらぬ笑みが浮かんでいた。

「きみは本当に純粋なんだから」

「世良、さん……？」

「かわいいね」

黒い瞳が妖しく光る。世良が知らない人のように見えて背筋がぞくっとなった。

呆然《ぼうぜん》としている間にも世良は構わず覆い被さってくる。

ウェーブがかった長めの髪がひたりと頬に触れた瞬間、唯ははっと我に返った。

「世良さん。な、なに……？」

力が入らないまま、それでも必死に腕を突っ張る。

世良は意に介した様子もなく、それどころか唯のすぐ脇に片膝を突き、さらに身体を寄せてきた。

「脩哉のためなら、なんでもするんだよね？」

「え？」

「悪いようにはしないって言ったろう？　俺に任せておいで。すぐに悦《よ》くなる」

「……あっ」

それは突然の出来事だった。

世良の唇が首筋に触れる。そのまま舌を這わされ、濡れた感触に意志とは無関係に身体が跳ねた。

全身が瞬く間に粟立《あわだ》つのがわかる。とっさにふり払おうともがいたものの力尽くで押さえつけられ、今度はきつく吸い上げられて、はじめて感じる痛みと混乱で頭の中が真っ白になった。

「綺麗にできた」

こういった経験のない唯でもキスマークをつけられたのだとわかる。

それが嫌でたまらないのに、身体はなぜか燃えるように熱くなった。

「こういうことするのははじめて？　かわいそうに、震えてるね」

「や、やめて、くださいっ……」

「悪いのは脩哉なんだよ。俺がほしいものを独り占めした罰だ」

――――え？

驚きのあまり抵抗も忘れる。

そんな唯を見下ろしながら、世良は愉《たの》しそうに笑みを浮かべた。

「きみとのことを全部写真に撮っておいて、あとで脩哉に見せてあげよう。いい記念になるよ」

体重をかけてのしかかられ、そのままソファに押し倒される。上半身を這い回る手の動きに合わせてカシャカシャという無機質なシャッター音が部屋に響いた。

「やめ……世良さん。証拠、見せてくれる、って……」

辛うじて言葉を紡《つむ》ぐものの、返されるのは無情な種明かしだけだ。

「この状況でまだ信じてるなんてね」

「………嘘……だったんです、か……？」

どうして――。

息が止まる。言葉をなくす。目の前が真っ暗になる。

呆然とするばかりの唯に、世良は策士のような笑みを浮かべた。

「脩哉はなんて言うかな。俺が手に入れたかったものを全部持っていった彼が、彼の一番大切なものを俺に横取りされてたって知ったら……。ふふふ。ぞくぞくするね」

「世良、さん……」

すべてを理解した。

世良は間接的に、そしてとりわけダメージの大きな方法で脩哉を痛めつけようとしているのだ。

「……っ」

起き上がろうともがいた足がテーブルに当たり、ガタッと大きな音を立てる。

強引にシャツを捲《まく》り上げられ、怯《ひる》んだ隙にフラッシュを焚《た》かれて、唯は眩しさに顔を背《そむ》けた。

「だめだよ、暴れちゃ。怪我しちゃうだろ？」

「やめ、っ」

あっという間にズボンのベルトを抜かれる。ジッパーを下ろされ、下着の上から自身をなぞり上げられて、悲鳴にすらならない音が喉から洩れた。

「……、っ」

世良の力は強く、ビクともしない。もう一度首筋を舐め上げられ、押し寄せる恐怖と嫌悪に唯は半ばパニックになった。

「やめっ……やめて…、くださいっ……」

無我夢中でふり上げた両手を頭上でひとまとめにされる。そのまま手首をベルトで巻かれ、ソファに括《くく》りつけられて、自由を奪われたことに愕然《がくぜん》となった。

——本気、だ……。

このまま、ここで暴行されてしまう。

男なのに。

いや、男だから。

世良にとって、それこそが最大級の嫌がらせなのだ。

ガタガタと身体が震える。歯の根も合わないほど止まらなくなる。

どうしよう。どうしよう。助けて、脩兄。秀兄。助けて。助けて。助けて………！

ガタン！　と大きな音が響く。

驚いて首を捻ると、まさに今、心の中で呼んだふたりが部屋に傾《なだ》れこんでくるのが見えた。

「唯！」

惨状を見るや、脩哉が目を見開く。

「唯になにしてる！」

「脩哉！」

先に手を出すな――。

一直線に殴りかかろうとする脩哉を、後ろから鋭い声が制した。秀哉だ。

脩哉が我に返ったように動きを止める。世良を引き剝《は》がそうと肩を鷲摑みにした時だった。

「……これ以上、俺の邪魔をするな……っ」

低い唸り声と同時にふり上げられた世良の腕が脩哉を擦める。

勢い余った世良はテーブルにぶつかり、ガチャン！　と派手な音とともに空のグラスを薙《な》ぎ倒した。

溶けかけの氷がガラス片とともに床に散らばってゆく。

とっさにそれを目で追った脩哉の脇腹に、今度は強烈なフックがめりこんだ。

「……ッ！」

「脩兄！」

鈍い音。

悪夢のような出来事にまるで生きた心地がしなかった。

「やめて。脩兄。だめ、死んじゃう！」

襲われかけた時よりも恐くて恐くてたまらない。

脩哉は無言でこちらを見、わずかに目を眇めた後で、ゆっくりと世良に向き直った。

「秀哉」

一切の情をなくした低い声。

それが合図だったのか、それまで出入り口を塞いでいた秀哉が近づいてきて、ソファの脇に片膝を突くなり唯の目を手で覆った。

「秀兄、なに……」

問う間もなく、すぐに荒っぽい音が部屋に響きはじめる。ふたりが揉み合っているのだ。脩哉の身になにかあったらと思うと気が気ではなかった。

見えない分だけ気持ちが逸る。不安と焦りに我を忘れる。

力強い足音が、どちらかが踏みこんだことを唯に報せた。続いて、重いものがぶつかる音。

「ぐ、……ッ」

低い呻き声に、世良が倒れたのだとわかる。

脩兄……！

覆いが外されると同時に顔を向けると、思ったとおり、床の上には世良が昏倒《こんとう》していた。

その傍らで脩哉が肩で息をしている。世良を見下ろす眼差しには容赦がなく、これまで一度も見たことがないような顔をしていた。

秀哉がそっと唯の服を掻き合わせてくれる。

スマートフォンを取り出した彼は、これから証拠として撮影をすると強張った顔で告げた。

「すまない。嫌だろうが、少しの間だけ我慢してくれ」

秀哉の方が辛くてたまらない顔をする。それが見ていられなくて、唯は黙って頷いた。

唯を気遣ってくれたのだろう、秀哉は一切の撮影音やフラッシュなしに手早く惨状を記録していく。現場となった応接室以外にもあちこちを記録として残すらしく、脩哉に目配せすると、そのまま部屋を出ていった。

「唯」

脩哉がすぐに縛《いまし》めを解いてくれる。

ゆっくりと抱き起こされ、無事を確かめるように抱き締められた。

「おまえがあの人と出ていったって、桜井さんから聞いて気になってたんだ。そしたらふたりで事務所に入るのを見たって秀哉が電話をくれて――」

脩哉は一度言葉を切り、苦しそうに声を絞り出した。

「まさかこんなことになるなんて……。もっと気にするべきだった。恐い思いをさせてごめんな」

大きな手が何度も背中をさすってくれる。

現実を理解するに従って、自分に覆い被さってきた時の世良の顔が脳裏《のうり》を過ぎり、たまらず脩哉にしがみついた。

「脩兄……ぼ、ぼく、やめてって……何度も……」

一分の隙もないほどきつく抱き締められる。

「恐かったよな。ごめんな」

「ゆう、……」

苦しくて息もできない。でも今はそれがうれしかった。

世良に覚えたような嫌悪なんて微塵も感じず、ただただ抱擁《ほうよう》の心地よさに目を閉じる。布越しに味わう体温にこんなにほっとしたことなんて今までなかった。

あたたかい胸に守られて、ずっとこうしていたくなる。

脩兄の、匂いだ……。

そう思った瞬間、ドクンと胸が鳴った。

薄い布を通して鼓動が伝わってしまいそうで、落ち着かなくてはと思うのにうまくできない。それどころか、焦れば焦るほど鼓動は逸るばかりだった。

どうしよう、止まらない。

心臓がドキドキして苦しいくらいなのに、こうしていることが心地よくて離れたくない。

縋る思いで顔を上げると、じっとこちらを見下ろしていた脩哉と目が合った。

「脩、兄……」

無意識のうちにこくりと喉を鳴らす。

それを見た脩哉が、なにかをこらえるようにきつく眉根を寄せた。

心地よさに酔っていた自分とは真逆の険しい表情に、目に見えない距離を置かれたようで心細くなる。静かに身体を離され、遠ざかる熱に寂しさを覚えた時だった。

「……んっ」

乱れたシャツを直そうと脩哉の手が肌に触れる。

たったそれだけのことにも拘わらず、甘やかな衝撃に艶を含んだ声が洩れた。

「……唯？」

慌てて口を押さえる。

脩哉がなにか言いかけたその時、戻ってきた秀哉がかたい声で彼を呼んだ。

「脩哉」

その顔は険しく、一目でなにかあったのだと思わせる。無言で目の前に突き出されたのは、透明の小さな袋に入った粉末だった。

「飲まされてる。――恐らく、媚薬《びやく》の類だ」

「……！」

ふたりの視線に耐えられず、唯はふるふると首をふる。

「だ、大丈夫だから。なんともないから……。ね、帰ろう？」

勢いよく立ち上がろうとしたものの、足が縺《もつ》れて脩哉の胸に倒れこんでしまう。

腰に手を回された途端、箍《たが》が外れたようになにかが身体の奥から湧き上がった。

「……ん、……っ」

「唯」

「ごめ、……平気、だから……」

触らないで――。

そう言いたいのに声が出ない。一息ごとに身体が火照り、熱を出した時のようにはぁはぁと荒い呼吸が続いた。

行き場を求めてうねる熱は徐々に下肢に降りはじめている。それがどこに集まろうとしているのか、考えただけで恐ろしくなった。

だめ、鎮《しず》めなくちゃ……！

普段はこういうことに淡泊《たんぱく》な方だけれど、唯だって生理現象と無縁ではない。身体を丸め、小刻みに震えながら、熱が過ぎ去るのをひたすら待つしかなかった。

兄たちが頭上で話している声が聞こえる。はじめは耳を澄まそうとしたものの、自分のことで精一杯で内容までは理解できなかった。

朦朧《もうろう》としたまま事務所から連れ出される。

これからどこに行くとも、なにをするともわからないまま、気づくとある建物の一室にいた。

「事務所近くのホテルを取った。今夜はここに泊まるよ」

脩哉の声がどこか遠い。

どうして家に帰らないんだろう。

見上げていると、唯の気持ちを察したように脩哉がゆっくりと首をふった。

「苦しいのは、早く終わらせた方がいい」

横からひんやりした手が伸びてきて、そっと頬を撫で下ろす。

「身体が熱いだろう。薬が効いてきたせいだ。おまえが悪いわけじゃない」

「秀、兄……」

「今日のことは忘れていい。おまえが望むならなんでもしてやる」

秀哉は眉を寄せ、苦しそうに言葉を絞り出した。

どうしよう……言ってることが全然わからない。

わかるのは、灼《や》けるような熱い眼差し、ただそれだけ。見つめられているだけでじわじわと溶けてしまいそうだった。

ふと見れば、脩哉もまた同じ目をしている。

戸惑いを隠しきれずにいると、ややあって脩哉が意を決したように口を開いた。

「痕跡《こんせき》を洗い流してやりたい。……服を、脱がせてもいいか」

「お風呂……？」

「あぁ。唯を綺麗にするんだよ」

世良に触れられたことも、それでなかったことにできるなら……。

唯は迷わず頷いた。

「よし。準備しような」

ベッドの端に座らされ、上から順番に着ていたものを取り去られる。最後の一枚になった下着に手をかけられた瞬間、条件反射で抗ってしまい、唯は慌てて首をふった。

「ご、ごめ、ん……」

脩哉が手を止め、顔を覗きこんでくる。

「大丈夫か？　気持ち悪くなってないか？」

「だい、じょ…ぶ」

熱い吐息に唇を震わせながらも、なんとかこくんと頷いた。

綺麗に、ならなくちゃ……。

兄たちの前で裸になるのは小さな頃一緒にお風呂に入って以来だ。この歳になっても同じことをするなんて思わなかった。

秀哉に後ろから上体を抱え上げられ、腰が浮いた隙に脩哉に下着を下ろされる。布地が擦れたわずかな刺激にさえ身体は正直に反応した。

「や、っ……」

「大丈夫だ」

声がやさしいほど、恥ずかしくてたまらなくなる。兆《きざ》しはじめた自身を見られたくなくてそろそろと膝を立てると、膝の裏に腕を差し入れた秀哉に横から抱き上げられた。

「バスルームに連れていく。摑まってろ」

胸に顔を埋めた途端、秀哉の匂いにクラッとなる。

シャツの第一ボタンを外しているせいだろう。露《あら》わになった喉仏からは逞しさを感じるとともに、普段見えない肌を直視することへの後ろめたさが募り、唯はとっさに目を伏せた。

そうこうするうちにバスルームの扉が開けられる。

先回りした脩哉がお湯の温度を調整してくれていたようで、浴室はすでにあたたかな蒸気で満たされていた。

バスタブの中に座らされ、ゆっくりぬるめのお湯を当てられる。息が苦しくならないようにだろう、脩哉は濡らした手のひらでていねいに唯の顔を拭ってくれた。

その隣で秀哉が備えつけのボトルからなにかを手に取る。

「身体を洗うぞ」

「んっ……」

急に冷たい手のひらに触れられて、思わず肩がビクッとなった。

「ボディソープだ。心配ない」

なに、これ……っ。

はじめての感触に思わず息を呑んだ。

身体を洗われているだけなのに、触れられたところから熱が生まれていくみたいだ。ぬるぬるとしたものを塗り広げられ、円を描くように肌を撫でられて、こぼれそうになる声を必死に抑えた。

「ふ、……ぁ、……っ」

バスタブの中で膝を立て、なんとか波をやり過ごそうとするものの、そうやってこらえればこらえるほど熱は高まっていくばかりだ。眉根を寄せ、真っ赤になるほど唇を噛み締める姿が兄たちの目にどう映るかなんて思い至る余裕もないまま、唯は小刻みに身体を震わせ続けた。

「唯」

脩哉がせつなげに目を細める。

シャワーヘッドを持っていない方の手で顎を掬われ、唯は小さく喘ぎながらライトブラウンの目を見上げた。

「ゆ……、にぃ……」

声が掠れる。

脩哉の顔が近づいてきたかと思うと、ためらうことなく熱いものを唇に押し当てられた。

潜《もぐ》りこんできた舌に歯列《しれつ》を割られ、舐め辿《たど》られて肩がビクリと跳ねる。ただ触れ合うだけじゃない、すべてを呑みこんでしまいそうな、それは深い深いくちづけだった。

「ん、……ふ……っ」

頭の芯がジンと痺れる。

朦朧としながらも、すぐそこにいる秀哉の気配を背中で探らずにはいられなかった。

どうしよう。秀兄に、見られてるのに……。

いけないことをしているのだとわかっていても、自分では腕ひとつまともに動かせない。くぐもった声をこらえながら、与えられる快感に惑うばかりだ。

脩哉がゆっくりとキスを解く。

濡れた唇を指で拭われている間にも肩を引き寄せられ、今度は秀哉からくちづけられた。

ぬるりと舌を差し入れられ、奥に縮こまっていた唯の舌と重ねて捏ねられる。強く吸われ、擦られて、ぞくぞくしたものが下肢へ伝った。自身は今や、ごまかしようもなく熟《う》れて甘い蜜を零している。

すべてを奪い尽くすようなキスに、熱は煽られるばかりだった。

脩兄、見ないで……。

必死に心の中で訴える。

秀哉の手が胸の尖《とが》りを擦めた瞬間、唯の身体がビクッと跳ねた。

「やっ……」

ぬるぬるとぬめる指先で突起を撫でられ、やさしく摘まれて、電気が走ったように身体が震える。

そんなところを触られるなんて恥ずかしくて、それ以上に、身悶《みもだ》えてしまう自分がたまらなかった。

「はぁ、あ……んっ……」

バスルームに自分の息遣いが響く。

シャワーを止めた脩哉の手が、不意に足の間に伸びてきた。

「ゆ、脩兄……！」

「任せていい。楽にしておいで」

太股の内側から下腹、そして唯自身へと大きな手のひらが滑ってゆく。

誰かに触れられるなんてはじめてで、あまりの心地よさに一気に波に押し上げられた。

「離して、脩兄…、だめ、出ちゃ……っ」

「達《い》っていいよ」

「やっ、やぁ……あっ……」

抗えない。逆らえない。目も眩《くら》むような快楽の前に、自分なんてなすすべもない。

足を突っ張り、脩哉の袖に縋りながら、唯はあっという間に枷《かせ》を外した。

「あ――……」

身体がふわっと浮き上がったかと思うと、自身から勢いよく蜜が噴き出す。これまで感じたこともないような、ビリビリとした愉悦に息が止まった。

「はっ……はぁ、……っ」

人前で達するなんてはじめてのことだ。それも、よりにもよって兄たちの前で。

脩兄の手で……。

頭の芯がグラグラする。それなのに、いけないことだとわかっているのに……ねだることしかできなくなった身体はもっともっとと次を求めた。

自分で触ってみなくても自身がまだ硬度を保っているのがわかる。呆れられたらどうしようと、泡と一緒に残滓《ざんし》をシャワーで流される間、恥ずかしくて顔が上げられなかった。

いっそ頭から冷水でも浴びれば少しは冷静になれるだろうか。そんなことさえ思いはじめたその時、肩にふわりとバスタオルがかけられた。

「ベッドに行こう」

簡単に身体を拭かれ、脇の下に手を入れて抱き起こされる。力の入らない身体では立てようもなく、まだあちこち濡れたまま脩哉に抱きつくような格好になった。

「シャツ、濡れちゃう……」

「いいよ」

肩に担ぎ上げられるようにして正面から抱き上げられ、軽々と部屋に運ばれる。

ベッドに下ろされるなり、今度は待ち構えていた秀哉に上半身を支えられ、冷たい水を飲まされた。

喉が渇いていたこともあり、唯はありがたく喉を鳴らす。コップの水が空っぽになるたび秀哉は何度もペットボトルから注ぎ足してくれた。

「ん……」

飲み損ねた分がつうっと口端を伝い落ちる。顎から喉へと滑ってゆく水の冷たさに唯は思わず身を竦めた。

それを秀哉が唇で吸う。そのまま項に舌を這わされ、耳朶《じだ》をそっと甘噛みされて、立て続けの刺激に身体が震えた。

脩兄も秀兄も今日は変だ。いつもはこんなことしないのに。

こんなふうに……まるで、好きな人に触れるみたいに――。

今さらのようにドキドキしてくる。

渇いた身体が水を求めるようにその答えを知りたくなり、唯は思い切って口を開いた。

「ど、して……」

「唯？」

「どうして……こんなこと、する、の……？」

ダークブラウンの双眸に一瞬にして熱が宿る。

けれどすぐに、秀哉の眉間には己《いまし》を戒めるような深い皺が刻まれた。

「おまえを、楽にしてやりたい」

「……え？」

どうしてかはわからないけれど、それが自分の望んだ答えじゃないと直感でわかる。

戸惑う唯の前髪を、脩哉がゆっくりと掻き上げた。

「唯は薬を飲まされたんだよ。身体が熱くてたまらないだろう？　だから、俺たちがおまえを楽にしてやる。そのためには、こうするのが一番いいんだ」

脩哉が覆い被さってきて、それ以上の問いを封じるようにキスされる。巧みに口内を探られ、口蓋《こうがい》をくすぐられて、いともたやすく身体が跳ねた。

「んんっ」

背後で秀哉がシャツを脱ぐ音がする。

裸の胸に凭れるように引き寄せられ、脩哉とのキスが解けたのも束の間、今度は後ろから肩に唇を押し当てられた。

「こんなところにつけられたのか」

世良の徴を見つけた秀哉が忌々《いまいま》しそうに呟く。痕跡を消そうとするようにその上からくちづけられ、強く吸われた。

「おまえだけは汚したくなかったのに」

剝き出しの感情に心が震える。

けれどすぐに、それは兄なりの庇護欲の現れなのだと思い直した。

自分がしっかりしていなかったから、おかしな薬を飲まされてしまったから心配で、それで言っているだけだ。事が起こってからでは遅いとあれだけ警告してくれていたのに。

自分のせいで、兄たちにこんなことをさせている。

兄弟なのに、同性なのに、恋の対象でもないのにこんなことを……。

「ごめん、なさい……」

胸がぎゅうっと痛くなる。

知らず唇を嚙んでいたんだろう。脩哉の手が伸びてきて、そっと顎を持ち上げた。

「今はなにも考えなくていい。ただ気持ちよくなってくれ」

「ゆう、にぃ……ぁっ」

大きな手が肌を滑り降りてゆく。花芽に触れられ、指先で挟《はさ》むように捏ねられて、ビリッと電気のようなものが駆け抜けた。

「あ、あ……」

なに、これ……どうして……。

そんなところに触れられて、こんなに気持ちいいなんておかしい。

何度も頭をふってやり過ごそうとするのだけれど、覚えたての快感に抗うすべはなく、ただただ与えられる刺激にうち震えた。

「ここが好きか？」

「わ、から、な……、あっ、なに……？」

ぬるりとしたもので突起を舐め上げられる。

「脩兄、なにして……、んんっ……」

離れてと手を伸ばすものの、唇で挟まれ、先端を押し潰すようにされると、それだけで身体中から力が抜けた。やんわりと歯を立てられたかと思うと舌で舐《ねぶ》られ、吸い上げられて頭の中が真っ白になる。脩哉の頭を抱きこむような格好で、気がつけば腰を揺らめかせていた。

「あぁ。今してやる」

後ろから秀哉の手が回される。兆した自身に触れられた途端、腰がビクリと戦慄《わなな》いた。

「だ、だめ……、秀兄……」

さっきのように、またみっともないところを見せてしまう。

弱々しく首をふったものの、秀哉は構わずにゆっくりと手を動かしはじめた。

「んっ、……は、ぁ……んっ……」

秀兄に、触られてる……。

電車で身体を支えてくれた、あの大きな手が自分を包んでいる。ネクタイを結び直してくれた、あの長い指が自分に触れている。そう思うだけでたまらなかった。

もだえる唯をあやすように脩哉が脇腹をなぞり上げる。

「……んんっ」

身をくねらせてはあちこちにキスを落とされ、胸の突起を捏ねられて、ぞくぞくとした快感が背筋を駆けた。

ふたりがかりの巧みな愛撫《あいぶ》にわけもわからず翻弄《ほんろう》される。痺れるような疼きになすすべもないまま、唯は再び高みへと押し上げられた。

「秀兄、だめ……離し…、もう、っ……」

達っちゃう……！

声が掠れて消える。

「我慢せずに出せ。受け止めてやる」

「あっ、しゅ、に……、出ちゃ、……、あっ、あ――……っ」

びくびくと下腹が波打つ。いけないとわかっていながらも、こらえきれず秀哉の手中に蜜を放った。

「……は、っ、……ぁっ……」

けれど解放の余韻に浸《ひた》る間もなく、すぐに次の波がやってくる。二度も達したというのに熱は冷めないどころか、いっそう勢いを増して唯に襲いかかった。

「やだ、……ど、して……？」

身体の奥がじんじんと疼く。身体が熱くて熱くてたまらない。

もの足りなさを訴えるように何度も下腹を波打たせる唯を見て、脩哉の眼差しが熱を帯びた。

「――唯。最後まで、しよう」

それは、どういう意味……？

見上げる唯の頭上で、兄ふたりが目で会話を交わす。

最初に動いたのは秀哉だった。

抱きかかえられるようにしてそっとベッドに横たえられる。ひんやりとしたシーツの感触に吐息を洩らすと、顔を覗きこまれ、額にキスを落とされた。

あったかい……。

ほっとしたのも束の間、秀哉の手が、自分ですら触れたことのない秘所に伸びてくる。そんなところに触れられるなんて思ってもおらず、驚きに身体が強張った。

「秀兄……なに、す……」

「大丈夫だ。痛くないようにしてやる」

「で、でも、そんな……」

それ以上の言葉をキスで呑まれ、すぐに頭がぼおっとなる。あたたかく濡れたものを塗り広げられ、それが己の残滓だと気づいていたたまれなくなった。

離れていく唇を追いかけて、うっすらと瞼を開く。

そこには、熱を帯びた眼差しで見下ろす秀哉がいた。

「おまえの中に触れるのは俺たちだけでいい」

「え？　…あ、んっ……」

問う間もなく、つぷりと指が挿《さ》し入れられる。

「……あ……、ぁ………」

身体の中になにかが入ってくる、はじめての感覚に眩暈がした。腹の奥がじんじんと痺れるような、なんとも言えないもどかしさに襲われる。しばらくくり返されているうちにそれだけではもの足りなくなり、無意識のうちに腰が揺れた。

「上手だ。指を増やすぞ」

「んんっ」

すぐさま二本揃えて挿し入れられ、さっきの倍になった圧迫感に息を荒げる。

それでも少しすると後孔《こうこう》は馴染み、それどころか、もっともっととねだるように中がゆっくり収縮をはじめた。

「少し慣れてきたか」

内壁《ないへき》を捏ね回され、思わず身体を仰《の》け反らせる。

自身も、触れられていないにも拘わらず、ぴくん、と反応したのがわかった。

「こっちもだな」

それまで黙って眺めていた脩哉が花芯に手を伸ばす。

はじめはなにをされているのかわからなかった唯だったが、ぬるりとあたたかいものに自身を包みこまれ、吸い上げられて、ようやく口で愛撫されているのだと気がついた。

「う、うそ。脩兄……だ、め……っ、……そんな……」

舌で幹をなぞり上げられ、敏感な括《くび》れを執拗《しつよう》に擦られて息もできない。尖らせた舌の先で先端の孔《あな》をこじ開けられ、ガクガクと腰が揺れた。

「ん、んん……っ」

肌が粟立つほど気持ちいい。口を窄《すぼ》めるようにして、唇で扱《しご》かれるとひとたまりもなかった。

「やめ、……だめ、そんな……しちゃ、……だめ、……」

快楽に頭がおかしくなりそうだ。

「ゆう、にぃ……、脩兄っ……」

舌っ足らずながら懸命に脩哉を呼ぶ。

それまで中を探っていた秀哉の指が、存在を主張するように弱いところを押し上げた。

「んんっ」

まるで感電したようにビリッとしたものが駆け抜ける。続けて二、三度とそこを引っ掻かれ、唯は身も世もなく悶えるしかなかった。

「は……、あ、ぁ……っ」

昂ぶりすぎて声が掠れる。

箍が外れてしまったように、気持ちいいことしかわからなくなった。

「秀、兄……、も…、や、だ………」

過ぎた愉悦にとうとう涙がこぼれる。

「あぁ、悪かった。泣くな」

目尻に寄せた唇で涙をそっと舐め取られる。

ゆっくりと指が引き抜かれ、ほっとしたのも束の間、自身から口を離した脩哉によって両足を左右に開かされた。

「脩、兄……？」

足の間に身体を進めた脩哉が熱っぽい目で見下ろしてくる。寛げられた前からは反り返った脩哉自身の怒張《どちょう》が見えた。

「……っ」

自分のものとはまるで違う、雄々《おお》しい肉塊に喉が鳴る。

「挿《い》れるぞ」

そう言うなり、後孔にあてがわれた熱がグッと押しこまれた。

「あ、ぁ……っ」

限界まで蕾《つぼみ》を広げられる。隘路《あいろ》をこじ開けるようにして熱くてかたいものを呑みこまされ、はじめての感覚に思わず身体がこわばった。

「唯、傷つけたくない。力を抜いてくれ」

「そんな、こと……できな……、ぁっ……」

挿入したまま腰を抱え直され、中に食《は》んだ脩哉の存在を意識させられる。内壁が蠕動《ぜんどう》するたびにじわじわと熱のようなものが生まれはじめた。

直接身体をつなげている脩哉にも伝わっているだろう。少しずつ抜き挿しをくり返しながら雄芯を奥へ奥へと打ちこんでくる。内壁を擦られるたび、身体の内側から感じるこれまで味わったことのない深い悦楽に唯はただただ溺《おぼ》れていった。

こんなこと、しちゃいけないのに。

それがわかっていながら止まれないなんて。

思考を奪うように秀哉にくちづけられ、唯は自分から腕を回してしがみつく。こうしていると脩哉と秀哉、両方に抱かれているような気がした。

「んんっ、ん……ぁ、……っ、あ――……」

最奥《さいおう》を突かれた瞬間、頭の中が真っ白になる。全身を小刻みに震わせながら唯は出さずに達した。

「……くっ」

きつい締めつけに引き摺られるようにして脩哉が奥に放埒《ほうらつ》を注ぐ。

内側から濡らされ、身も心も溶けてしまいそうだ。

荒い呼吸をわけ合いながら雄芯を引き抜かれると、中からどろりと熱いものがあふれ出た。

「……っ」

脩兄の、が……。

そんなわずかな刺激にさえ、蕾は身を震わせてしまう。

「唯、大丈夫か」

上から覗きこまれてぎこちなく頷き返すと、秀哉は少しほっとしたように目を細めた。

「起こすぞ」

背中に手を添えて上体を起こされ、ベッドの上に座りこむような格好になる。

そこからは交代とばかり、脩哉の胸に抱き寄せられた。

「大丈夫だ。寄りかかっておいで」

上体を脩哉に預けたまま、後ろから秀哉に腰を引かれる。膝立ちにされ、四つん這いのような体勢を取らされた。

「あ……」

急に向きを変えたことであふれ出た白濁《はくだく》が太股を伝う。ふり返らずとも、秀哉の目が後孔に注がれているのがわかった。

無言でベルトが外される音がする。

「唯……」

熱の籠もった声で名を呼ばれた次の瞬間、熱いものが押し入ってきた。

「あぁ……」

一度伽《とぎ》を教えられた身体は後ろからの挿入も難なく受け止める。ひと思いに貫かれ、最奥を突かれてそのまま気を失いそうになった。

「あ、あ、あ、……ぁ………」

気持ちいい。気持ちよくてたまらない。

脩哉とくちづけを交わしながら、秀哉に快楽の極みへと導かれる。自身からはとめどなく蜜があふれ、いつ達したのかもわからないくらいだった。

頭がおかしくなってしまいそう。

いや、とっくにおかしくなってしまったのかもしれない。こんな淫《みだ》らな顔を見せて、それでもなお、もっとほしいと思ってしまうのだから。

ごめん、なさい……。

激しく突き入れられ、崩れ落ちそうなほどの喜悦に悶えながら、唯は必死に脩哉にしがみつく。

「脩兄……秀兄……」

恥ずかしさと申し訳なさでいっぱいになりながらも、それでも大好きな兄たちに触れてもらえることをうれしいと感じてしまう。

唯は意識を手放すまであたたかな胸で啼《な》き続けた。

＊

ざあざあと流れる水音に、唐突《とうとつ》に我に返って蛇口《じゃぐち》を捻る。とっくに食器は洗い終わったというのに、水を出しっぱなしにしたままぼんやりしていた。

最近、ずっとこんな調子だ。

考えごとをはじめた途端、ネジが取れたように心ここにあらずになってしまう。節水にも気をつけていたのにこの有様だ。

また、やっちゃった……。

これでもう何度目の失敗だろう。ひとつひとつは些細なことなのに、それが一日に二回、三回と続くとさすがにこたえた。

カランを見つめながら唯は小さくため息をつく。

失敗は、やり直せるものばかりじゃない。それを自分は知ってしまった。

流れた水は取り戻せない。変わってしまった関係が、二度と元には戻らないように。

――――許されないことをした。

ホテルでのことを思い出すたび、後悔で頭がいっぱいになる。あれから数日経っているというのに気持ちは切り替わるどころか、胸の中には暗く重たいものが居座ったままだった。

あんな自分を見せてしまうなんて……。

どんなに悔やんでも足りない。いくら薬でおかしくなっていたとはいえ、決して見せていいものじゃなかった。それも兄に、憧れだった人たちに。

「……」

弟が急にあんなことになって、ふたりだって驚いただろう。

顔見知りとはいえ、脩哉を敵視する相手について行き、秀哉の警告も忘れて媚薬を飲まされた唯に、ふたりは呆《あき》れたっておかしくなかった。

それでも、助けてくれた。昂ぶらされた身体を鎮めるために、熱を吐き出させるというやり方で。

いくら人助けだったとはいえ、自分のせいで兄たちにあんなことをさせてしまった。兄弟なのに、同性なのに、あんなことを。

「ごめん、なさい………」

本当なら好きな人とする行為だ。愛を確かめ合い、互いを慈しむためにするはずなんだ。

それなのに。

じわじわと罪悪感がこみ上げる。どんなに謝っても足りない思いだった。

廊下の向こうから足音が近づいてくるのが聞こえる。

せめてこれ以上おかしなところを見せないよう、無理やり気持ちを立て直していると、ドアが開いて脩哉が顔を覗かせた。

「……あぁ……まだ起きてたのか」

唯がいるとは思わなかったのか、脩哉が軽く身構えたのがわかる。

それを見て、胸がざわざわとなった。

あれ以来、兄たちとの間に目に見えない壁のようなものを感じることがある。それはたとえばこんな時の脩哉の表情であり、一段と遅くなった秀哉の帰宅時間だったりした。

兄たちは、ふたりともが唯に一切触れなくなった。

きっと後悔しているんだろう。

あんなふうに乱れた唯を見てさすがに呆れたに違いない。それでもやさしい人たちだから、不快感を露わにすることなく、表面上はこれまでどおりにしてくれている。

「あまり顔色がよくないな。大丈夫か？」

「脩兄……」

その場凌ぎの言葉でないことはわかってる。それでも、どことなく感じるよそよそしさに気持ちが重たくなるのは避けられなかった。

知らず思い詰めた顔になっていたのだろう。小さな嘆息で我に返った。

「ご、ごめん」

思わず下を向く。

脩哉はしばらく間を置いてから、苦しそうに声を絞り出した。

「おまえが謝ることなんてない。……謝らないといけないのは、俺の方だ」

「え？」

驚いて顔を上げる。

「俺が差し入れなんて頼まなければよかったんだ。そうすれば、あの人に会うこともなかった」

「違うよ」

唯はとっさに首をふった。

仕出し弁当は飽きるという彼に、それならお弁当を作ろうかと提案したのは自分の方だ。スタジオに届けてほしいと頼まれて、脩哉が働いているところが見られるとの興味もあってふたつ返事で引き受けた。ケータリングのアルバイトをさせてもらったのだって自分の意志だ。

だから脩兄のせいじゃない。

勢いこんで訴える唯に、脩哉は力なく笑った。

「それでもだ。俺がもっと注意するべきだった」

「脩兄……」

あんなことがあって以来、唯は体調不良を理由にケータリングを休ませてもらっている。

早く復帰しなければと思いながらも、この状態でまともなものなど作れるわけもなく、それ以上にスタジオで世良と顔を合わせることを思うと、どうしても一歩を踏み出せずにいた。

それでも、自分に任せてもらった仕事だ。脩哉を支えるためにもしっかりしなくちゃいけない。

「ぼく、なるべく早く行けるように頑張るから」

けれど、脩哉は首をふった。

「ケータリングは終わりにしよう。桜井さんには俺から言っておく」

「そんな……」

せっかくよろこんでもらえたのに。せっかく役に立てていたのに。

「どのみち夏休みの間の約束だったろう。最終日が数日早まっただけだ」

「でも」

「早く元気にならないとな」

やさしく、けれど有無を言わせぬ口調で会話が切り上げられてしまう。

「おまえには、周りのことを気にしないでゆっくりする時間が必要なんだ。それは俺も秀哉も思ってる。スーツの受け取りも秀哉が代わりに行くと言ってた」

「秀兄が？」

またも胸がざわっとなった。

でき上がったものは、引き渡しの時に店で最終確認すると聞いていた。テーラーである篠崎の腕を信頼して、それで不要と判断したんだろうか。それとも彼の大切な店に、自分のような弟なんて連れていきたくなくなったのか。

「……っ」

見えない手で胸を、トン、と突かれたような気がした。

――違う。秀兄はそんな人じゃない。自分を気遣ってくれたやさしさに感謝こそすれ、こんなことを考えるなんて失礼だ。

胸の内で己を叱咤《しった》し、精一杯明るい笑顔を作った。

「後で秀兄にお礼言わなくちゃ。脩兄も、ありがとうね」

「礼なんていいよ。……それじゃ、明日早いからもう寝るな。唯も早くおやすみ」

「うん。おやすみなさい」

後ろ姿がドアの向こうに消えるのを待って、静かに唇を嚙む。焦りにも似た、もやもやとしたものが胸の中で蟠った。

兄たちが自分から遠ざかろうとしているのを肌で感じる。これからどうなってしまうのか、考えただけで胸がぎゅうっと苦しくなった。

ずっと、近くにいた。

唯にとってふたりは大切な存在だった。あんなことがあった今でもその気持ちは変わらない。

三人で仲良く、花火ができたらいいなって……。

そんなふうに思っていた頃もあった。

けれど、それももうだめかもしれない。

あんなふうになった自分は距離を置かれてもしかたがない。

「…………っ」

ズキズキと痛む胸を服の上から必死に押さえる。

確かめたいことほど言葉にならないものだと、はじめて知った。

それから数日後、両親から国際電話がかかってきた。

出発した時と同様、今回もまたバタバタと帰国が決まったという。週明けには帰るとの連絡を受けてからというもの、家の中にはにわかに緊迫した空気が漂いはじめた。

秀哉が、マンションに戻ると言い出したのだ。

このまま一緒に暮らせると思っていただけにショックを隠せない。脩哉からそれを伝え聞いた唯は、いてもたってもいられず、帰宅した秀哉を玄関で捕まえた。

「秀兄。出ていくって本当？」

おかえりの言葉もそこそこに問う。

秀哉はやや驚いたように目を瞠った後で、すぐに小さく嘆息した。

「脩哉に聞いたか」

――否定、されなかった。

それが言外の肯定だとわかって全身から力が抜ける。

「……本当なんだ……」

秀哉はかたい表情を崩さない。

「このまま、ここで暮らすわけにはいかないかな」

離れていってしまわずに。

けれど秀哉は眉を顰め、これ以上一緒にいることを拒むように毅然と首をふった。

「そ、っか…………」

緊張で冷たくなった手を握り締める。俯くことしかできなかった。

――ふたりだけなのは心配だからな。

この家に戻ってきた時、秀哉はそう言った。つまり、両親が帰ってくるなら、彼の役目は終わりだと言いたいのかもしれない。

急にふたりきりになった唯たちが寂しい思いをしないようにと、わざわざ来てくれたやさしい人だ。これ以上引き留めたら迷惑になるかもしれない。秀哉には秀哉の生活がある。そこに踏みこんではいけないはずだ。

そう。彼には彼の毎日がある。仕事があり、プライベートがある。いつまでも兄と思って甘えていたら秀哉の負担になってしまう。

もしかして……。

ふと、嫌な想像が脳裏を過ぎる。

ずっと、そんなふうに見えていたんだろうか。秀哉にとって自分は、いつまでも面倒を見ないといけない子供でしかなかったんだろうか。

だから秀兄は、ここにいたくなくなった？

最初に家を出たのも同じ理由で？

訊いてしまえば楽になるのに、予想どおりの答えが返ってきたらと思うと恐くて訊けない。だから口を閉ざすしかなかった。

「邪魔して、ごめんね」

部屋へ向かう秀哉を見送る。

足音もうすぐ聞けなくなるんだなと思ったら、少しでも秀哉を感じていたくて唯は折り返し階段の壁に耳を押し当てた。半分以上昇った秀哉からはこちらの姿は見えないはずだ。

おかしなことしてごめん……。

心の中で謝りながら、規則的な音に耳を傾ける。

ちょうどそこに脩哉が部屋から出てきたのか、「おかえり」と声をかけるのが聞こえた。

「さっき、出ていくのかと唯に訊かれた」

自分の名前が出た途端、心臓がドクンと鳴る。

「俺から話したんだ。早い方がいいかと思って」

「そう、だな……」

ふたりがどんな表情でいるのかは、唯には見えない。

けれど空気が徐々に重たくなっていくのを肌で感じた。

「今も夢に見るんだ。あの夜のことを」

脩哉の言葉に目を瞠る。

ぼくがあんなことになったから……？

自分が痴態を晒したせいで、うなされるほど負担になってしまったんだろうか。

息を詰めて聞いていた唯は、続く秀哉の言葉に打ちのめされた。

「おまえばかりだと思うな」

「結局、こんなことになるなんてな……」

力ないため息にとうとう目の前が真っ暗になる。

瞬きすら忘れた唯をよそに、ふたりは淡々と話し続けた。

「それで秀哉、いつ行くんだ」

「父さんたちが帰る前に出ていく。引き留められると説得が大変だ」

「じゃあ俺もそうするか」

——え？

息が止まった。

「脩哉？」

それは秀哉にも初耳の話だったようで、声のトーンがわずかに上がる。

脩哉が決定的な一言を告げた。

「あれからずっと考えてたんだ。もう、唯とは一緒にはいられない。……限界だ」

そん、な…………。

ショックで足に力が入らなくなる。ずるずると壁伝いに膝を折った唯は、そのまま床の上に踞《うずくま》った。

脩兄、そんなふうに思ってたんだ。

そこまでぼくと一緒にいたくなかったんだ。

あらためて言葉にされることで、よりいっそう現実が重みを増して迫ってくる。

ふたりが遠くに行ってしまう。

自分のせいで、大好きな人たちがいなくなってしまう。

呆然としたまま時間だけが過ぎる。兄たちが自室に戻ってからも、唯はその場から動けなかった。

許されるなら、あの過去を取り消したい。全部なかったことにしてしまいたい。

でも、それはできないことだ。流しっぱなしの水が蛇口に戻らないように、歪んでしまった関係も、三人の時間も、二度とこの手には取り戻せない。

ぼくの、せいだ――――。

まるで心臓に杭《くい》が刺さったように息をするだけでもひどく苦しい。これから先、ずっとこんな気持ちを引き摺って自分は生きていくんだろう。

ずっと一緒にいたかった。自分にとって、なにより大切な人たちだったのに。

渇いていく心を持て余しながらのろのろと顔を上げる。壁の時計は午後六時、そろそろ夕飯の支度をはじめる時間だ。

せめて、今できることだけでも……。

なにかに憑《つ》かれたようにふらりと立ち上がった唯は、キッチンに戻って料理をはじめる。鰤《ぶり》の照り焼きも、根菜《こんさい》の煮物も、もう何十回となく作った得意メニューだ。それなのに今日はどうしたわけか、ひとつもうまくいかなかった。

魚は真っ黒に焦げ、煮物は味つけを間違えてひどく塩辛くなった。和《あ》え物を作れば砂糖を入れすぎ、味噌汁は逆に出汁《だし》が薄い。どれをとっても食べられそうにない出来映えに惨めさばかりが募った。

自分が作ったもので家族を、ふたりを、笑顔にしたかった。しあわせな気持ちにしたかった。

「それなのに……」

ぎゅっと唇を嚙む。

手料理を食べてもらう機会も、これからはもうないかもしれない。

それならせめて、残りわずかな間でもおいしいと言ってもらえるように頑張らなければ――いや、そんな褒め言葉もいらない。自分が作ったものを食べてもらえるだけで充分だ。

目からぽとりと滴《しずく》が落ちた。

堰を切ったようにあふれ出す涙を手の甲で拭ううち、焦りと不安と後悔にたまらなくなってしゃがみこむ。手のひらを強く口に押し当てて、声を殺して唯は泣いた。

「脩兄……秀兄……」

こうやって、壊れてしまうものなんだ。

事が起きてからじゃ取り返しがつかない――これまで秀哉が口を酸っぱくして言ってくれていたことの意味を、今ほど痛感したことはなかった。

ぼく、ばかだったね。あんなに言ってくれてたのに、ごめんね……。

兄たちの顔を思い浮かべ、心の中で何度も謝る。

ふたりに見つからないうちに失敗したものを処分しなければ。そうして新しいご飯を作って、早く食卓を整えなければ。

乱暴に涙を拭って立ち上がる。

それなのに、そんな時に限ってキッチンの扉が開いた。

「少し焦げ臭いが……大丈夫か？」

二階にいても気づくほどだったんだろう、脩哉が顔を覗かせる。

「あ、あの……」

とっさにコンロを背にしたものの、なんでもないとごまかすには時間が足りなさすぎた。

「……唯、それは？」

隠しきれなかった失敗作を見つけられてしまい、いたたまれなさに唇を噛む。

……だめだ。落ちこんでちゃだめだ。

震えそうになる指を握りこむ。

こんな機会はもう何度もないんだから。一回一回を大事にしなきゃいけないいんだから。

泣きたくなる気持ちを飲みこんで、唯は「失敗しちゃった」と笑ってみせた。

「すぐ作り直すね。お腹空いてるのに、ごめんね」

脩哉が眉間にぐっと皺を寄せる。

険しい表情に驚いたのも束の間、気づいた時には抱き締められていた。

「目を真っ赤にするくらい泣いたくせに、平気なふりなんてするな」

「こ、これは違……その、タマネギを……」

「俺に嘘なんてつかないでくれ。俺が平気なのに、おまえだけ泣くなんておかしい」

嘘を嘘と見抜かれ、言葉も出ない。それどころか、あの夜以来一度も触れようとしなかった脩哉に抱き竦められて、はしたなくも鼓動が逸った。

力強い腕、厚い胸板。あの時のように一分の隙もないほど強く抱き締められていることを、罪深くもうれしいと思ってしまった。

「脩…」

そっと顔を上げかけた途端、背に回された腕がゆるむ。拘束はたちまち解け、ふたりの間には距離が生まれた。

まるで、なかったことにするかのように。

「……っ」

後悔しかなかった。

「秀哉」

脩哉はドアを開け、二階にいる弟を呼ぶ。

どうして今、ここに呼び出したりするんだろう。

もしかして、あの話をするために？　最後の別れを切り出すために……？

「――――」

胸がぎゅうっと苦しくなる。

階下へ降りてきた秀哉は、立ち尽くす唯を見るなり痛みをこらえるように顔を顰めた。

「おまえには、悲しい顔ばかりさせてしまうな」

「そんなこと……」

「泣いたのか」

間近に顔を覗きこまれ、目を合わせられなくて下を向く。

唇を嚙むことしかできない唯に、秀哉が小さく嘆息した。

「……すまない」

そんなふうに謝らないで。秀兄のせいじゃない。

そう言いたいのに声も出ない。必死に首をふる唯に、秀哉は静かに語りかけた。

「どうして泣いた。なにか、あったのか」

やさしい声が疲弊した心に沁みていく。

唯はそっと頭を上げ、ふたりの顔を交互に見遣った。

あたたかくてやさしい脩哉。

凜として頼りがいのある秀哉。

――やっぱり、離れたくないよ……。

このまま離れたくない。遠くになんか行かないでほしい。

でも、それはできないことだ。ふたりが決めたことなんだから。

いつまで経っても堂々巡りばかりしている。こうしている間にも時間は過ぎてしまうのに。

せめてこれ以上の重荷になりたくなくて、唯は無理やり微笑んだ。

「聞いちゃった。脩兄たちが話してたこと」

脩哉が、しまった、という顔をする。

やはり、限界というのは彼の本心だったんだ。こんな自分とはもう一緒にいたくないということだ。

あんなふうに箍の外れた、はしたない弟なんかとは――。

悲しいという気持ちが、ついに唯を雁字搦《がんじがら》めにしていた羞恥《しゅうち》を越えた。

「……ぼくのせいで、ごめんなさい」

「唯？」

「あんなふうになったぼくのこと……呆れた、よね。だから出ていくんだよね。ふたりはぼくを助けようとしてくれただけなのに……嫌な気持ちにさせて、ごめんなさい」

一息に言い切る。恐くて顔が上げられなかった。

どうか早く忘れてほしい。

なかったことにはできなくても、たとえ遠く離れても――――。

「それは違う」

強い口調で否定される。

恐る恐る顔を上げると、真剣な表情の兄たちがじっとこちらを見下ろしていた。

「嫌になんてなるわけがない。俺たちの大事な唯を、そんな言葉で傷つけないでくれ」

自分の方が痛くてたまらないような顔をして脩哉が首をふる。

「俺たちにとってどんなにおまえが大切か、おまえだって知っているだろう」

秀哉もまた眉間に皺を刻み、厳しい表情を浮かべていた。

ふたりを交互に見上げながら唯は服の胸元をぎゅっと握る。困ったことがあった時の、小さい頃からの癖なのだ。

脩哉はそれに目を細め、安心させるように頷いた。

「催淫剤《さいいんざい》を飲まされたんだ。誰だってああなる」

……本当に？　慰めるために嘘を言ってくれたんじゃないだろうか。

思ったことが顔に出ていたのだろう、脩哉がそっと首をふった。

「おまえは被害者だった。唯はなにも悪くない。……悪いのは、それにつけこんだ俺たちだ」

「脩兄？」

「あんなふうになし崩しにして本当にすまなかった。おまえこそ、嫌だったよな」

秀哉も言葉を続ける。

「自分が男に組み敷かれるなんて考えたこともなかったろう。あの時は必死だったが、考えてみれば俺たちだってあの男と変わらない」

「ち、違うよ。そんなのっ……」

なんて言ったらいいいんだろう。どうやったら正しく伝えられるだろう。気持ちばかり焦る。心臓が早鐘を打つ。

後頭部に手を回され、秀哉の胸に抱き寄せられた。

「おまえが大切だから、これ以上悲しい思いはさせたくないんだ。一緒にいれば遅かれ早かれ、いずれ自制できなくなる。だから、おまえを守るために距離を置きたい」

大切なことを言ってくれているはずなのに、肝心の意味がわからない。もやもやと焦るばかりの唯に後ろから脩哉も語りかけた。

「俺のせいで危険な目に遭わせてしまったことを、本当に申し訳なく思ってる。これ以上一緒にいたらまたいつそんなことになるかわからない。だから……俺とも離れていた方がいい」

「そんな……っ」

あやすように背中を叩かれ、はっとした。聞きわけなさいと言う時、脩兄はいつもこうしたっけ。

我儘言っちゃ、だめだよね……。

兄たちの重荷になりたくない。これ以上の迷惑をかけたくない。頭ではちゃんとわかっているのに、気持ちがそれに追いつかない。こらえようとすればするほど鼻の奥が痛くなる。奥歯を嚙んで必死に声を殺したのだけれど、くぐもった嗚咽はすぐにばれた。

「泣くな」

秀哉がやさしく頭を撫でてくれる。

もうどうしたらいいかもわからなくなって、唯は駄々っ子のように首をふった。

「唯」

やさしい声が沁み渡る。すべてをあたたかく包んでいく。

あぁ、こんな大切な人たちと離れるなんて耐えられない。ふたりを失うより辛いことなんて他にありはしないのに。

「ふたりが、いなくなる方が……嫌、だよ……」

震える手を伸ばし、脩哉と秀哉、それぞれの手を取る。

「脩兄も、秀兄も、いなくなっちゃ嫌だよ。どこにもいかないで……お願い……」

涙が一粒、床に落ちた。

こんなことを言って、子供みたいだって笑われるかもしれない。聞きわけがないと諭《さと》されるかもしれない。それでも、どうしても気持ちを伝えたかった。ここにいてほしかったのだ。

「顔を上げて」

脩哉に促され、そろそろと上を向く。

脩哉は、唯が摑んでいない方の手でやさしく頬を拭ってくれた。

「まっすぐで、眩しいくらいだな」

「脩兄」

「そうやって一心に見上げてくれるのがうれしかったんだ。おまえの心に、少しでも俺が棲《す》んでいるんだって思いたくて」

それは、どういう意味……？

瞬きもせずにじっと見つめる。

けれど脩哉はなぜか、ため息のような自嘲を洩らした。

「兄弟でいられるだけで、満足すべきだったのにな」

「え……？」

心臓が早鐘を打ちはじめる。胸を叩く鼓動はすぐに痛いくらいになった。

「いつからだろう、ただの弟として見られなくなってた。おまえにはいつでもいいところを見せたいと思うようになってたよ。痩せ我慢をしてでもな」

単純な男だろう、と脩哉が苦笑する。

「どうして、そんな……」

ライトブラウンの瞳が熱を帯びる。身体を重ねた時とも違う、痛いほどの情愛をたたえた眼差しに息が止まった。

「言っても、いいのか」

この先を聞いたら戻れなくなる、それは直感だった。

けれど、だからこそ、唯は頷く。

脩哉はそっと目を細め、一番好きな顔で笑ってくれた。

「唯が好きだよ——弟としてじゃなく」

脩兄……。

全身に鳥肌が立った。

どうしよう。胸がいっぱいで言葉にならない。脩兄が、そんなふうに見てくれていたなんて——。

不意に、くしゃりと髪を掻き混ぜられる。

顔を向けると、秀哉が目を眇めてこちらを見ていた。

「そんな顔をしてみせるのは、脩哉にだけか？」

「え？」

「俺も同じことを言ったら、おまえはどうする？」

まさか、そんな……。

熱っぽい眼差しに搦め捕られて身動きもできない。

息を詰めて見上げる唯の耳元に、秀哉がそっと口を寄せた。

「おまえを、愛している」

「……！」

秀兄まで……。

胸が鳴りすぎて息もできない。身体が震えて止まらない。

髪を撫でていた秀哉の手が、安心させるようにそっと頬を包みこんだ。

「俺たちに触られて、嫌じゃなかったか」

「そ、そんなことない」

とっさに口を突いて出た言葉に兄たちの眼差しが熱を帯びる。

あらためて目で問われ、唯はもう一度首をふった。

「嫌だなんて、思うわけない」

世良に迫られた時は嫌悪感しかなかったのに、兄たちになら触れられても、キスされても、ちっとも気持ち悪くなんてなかった。

むしろ、うれしかったんだ。

「あ……」

辿り着いた答えに目を瞠る。

ぼくは今、なんて……？

ドキドキと胸が高鳴る。またしてほしいと思ったとしたら、兄たちは驚くだろうか。

「――そ、っか」

答えがすとんと落ちてくる。

どうして嫌じゃなかったのか。どうしてうれしかったのか。触れられなくなったことを寂しく思い、離れたくないと泣いたのはなぜか。またあんなふうに身体を重ねてみたい、今度は心も重ねてみたい。そう思うのは、そう願うのは、ずっと一緒にいたかったのは――。

「好きだから、だ……」

呟いた声が耳から入って脳に伝わる。

その途端、自分でもわかるほど頬が熱くなった。

「どう、しよう……。あのね、……あの、ぼく…………」

いったいどれだけの間、無自覚に恋をしていたんだろう。そう思ったら恥ずかしくなって、ふたりのもの問いたげな視線から逃れるように下を向いた。

「唯。顔を見せてくれ」

「だ、だめ。今、すごく変な顔してるから」

「どうして？」

「それ、は……」

ふたりが好きだって気づいたから……。

どちらかの手が伸びてきて、襟足のあたりをくすぐられた。昔からの唯の弱点だ。

「わっ」

夢中で顔を上げた唯は隠す間もなく、その表情でふたりに胸中を晒した。

「唯。俺たちに、うぬぼれてもいいって言ってくれないか」

脩哉の眼差しに艶が混ざる。

……わかっちゃったんだよね、その顔は。

やはり兄には敵《かな》わない。もう、認めるしかない。

「ずっと、ドキドキしてたんだ――」

唯は思い切って口を開いた。

「ふたりの傍にいるだけで、ふたりのことを考えるだけで、いつも胸がいっぱいになってた」

抱き締められた時も、キスされた時も。かわいいと言われた時も、困ったやつだなと苦笑された時でさえ胸が震えた。そのたびに、自分はどこかおかしいんじゃないかと思ったのだ。

兄弟なのに、同性なのに、それでも、それでも――。

話を聞き終えた兄たちは安心したように、ほうっと長く息を吐いた。

「俺たちだってそうだ」

「……本当？」

「自覚したのはだいぶ前だったからな。いつ秀哉に取られるんじゃないかって気が気じゃなかった」

脩哉がこれ見よがしに視線を送る。

それを受けた秀哉は、やれやれと大きく肩を竦めた。

「よく言う。人目も憚《はばか》らずに口説《くど》いていたくせに」

「……え？　え？」

秀兄はいつからそう思っていたんだろう。そして自分はいつから口説かれていたんだろう。

ぽかんとしていると、長い長いため息が降ってきた。

「そういうところが危機感が足りないと言っているんだ」

秀哉が眉間に深い皺を刻む。

「いいか。これからは徹底的にかわいがり倒してやる。覚悟はいいだろうな」

「あ、あの……」

「同じ気持ちだってわかったんだ。俺も、もう我慢しなくていいよな」

「その、ま、待っ……」

「唯」

兄ふたりの声が見事に重なる。

「俺たちに目一杯愛されてくれ」

「手離す気なんてないから、そのつもりでな」

「脩兄、秀兄……！」

脩哉から項にキスを贈られ、秀哉には正面からくちづけられた。

「愛してるよ、唯――」

まさか、こんなことがあるなんて……。

夢のようなしあわせに目が眩む。

ふたりの唇の熱に蕩《とろ》かされるまま、唯は甘い夜へと溺れていった。


想いを確かめ合ってからの兄たちは、別の意味で容赦がなかった。

「やっ、待って。は、恥ずかしいから……っ」

唯がどんなに止めても待ってくれないばかりか、さっさと服に手を伸ばしてくる。せめて寝室に行かせてほしいと言っても、移動する時間さえ惜しいとリビングのソファに押し倒されてしまった。

「あの、い、今すぐ……？」

「当然だ」

上目遣いに懇願しても、秀哉は頑として譲らない。

「その、シャワーとか……」

「待てない」

「ご、ごはん」

「後でいい」

すべての選択肢を一蹴され、挙《あ》げ句《く》深くくちづけられて、それ以上の抵抗を封じられた。

三人掛けのソファに倒された唯に覆い被さりながら秀哉が次々とシャツのボタンを外してゆく。

一方の脩哉は唯の足下で、こちらもハーフパンツに手をかけていた。

「ん……っ」

秀哉の少しひんやりとした手のひらが、すうっと肌を滑りはじめる。鳩尾《みぞおち》から心臓の上へと移動した手が、ゆっくりと円を描くように胸の周りを撫でた。

突起の先端に触れるか触れないか、ギリギリの触り方で徐々に距離を縮めていく。時々、不意打ちのように指先で胸を擦めては、何事もなかったかのように離れていくのがもどかしくて、そのたびに唯は息を詰めて身悶えるしかなかった。

やさしいのに、意地悪な指先。こちらの羞恥などあっという間に剝ぎ取ってしまう。

とうとう指先で花芽を摘ままれ、捏ねるようにされて、甘い衝動に全身がビクンと波打った。

「んんっ……」

指の腹で突起を押し潰され、胸に沈んだところで手を離される。そのたびにぷっくりと立ち上がる花芽を気に入ったのか、秀哉は執拗にそれをくり返した。

まるで、もっともっととねだっているようで恥ずかしい。

同じことを彼もまた思っているんだろう、くすりと小さく含み笑うのが聞こえた。

「かわいがりがいがある」

「も、……あ……あんっ……」

不意に唯自身を包みこまれる。いつの間に脱がされたのか下肢はすうすうとして、なにも身につけていないことに気がついた。

「俺も混ぜてくれないか」

「ゆ、脩兄……ん、……んんっ」

根元から先端に向かってゆっくりと手を上下される。まだやわらかさを残していた芯も、それを何度かくり返されるうちに徐々に形を変えていくのが自分でもわかった。

もう片方の手が下生《したば》えに伸びてきて、その下で息を潜めていた双珠に触れる。何度か感触を確かめるように揉まれた後で、そっと手のひらに包みこまれた。

「んっ……」

手の中で転がすようにしてやんわりと刺激されると、それだけで腰がうずうずと疼いてくる。こんな感覚が自分の中にあったなんて全然知らなかった。

再び自身も撫でさすられ、同時に愛撫されて肌が粟立つ。

「気持ちよさそうだな」

秀哉に顔を覗きこまれ、頬がかあっと熱くなった。

「どっちがいい？　脩哉か？　俺か？」

「んんっ」

意地悪な指先がこりこりと突起の先端を攻める。そんなふうにされるたび電気が走ったようになって腰が疼くのを早くも見抜かれてしまったらしい。

「かわいい声を訊かせるのは秀哉にだけか？」

喉奥で笑いながら、脩哉もまた焦らすように花芯を扱く。

「あ、……ふっ」

根元から括れをなぞって先端へ、そして疼きはじめた割れ目を指先で弄《いじ》られると、たまらずとぷりと先走りが洩れた。

「ふ、ふたりとも意地悪……」

恥ずかしくて、でも気持ちよくて、ドキドキしてわけがわからない。

涙目の唯に、秀哉が悪辣《あくらつ》な笑みでニヤリと笑った。

「おまえがこんなにかわいいのがいけない」

「な、……あ、んっ……」

それ以上の反論を呑みこむように、ぬるりとあたたかいものに自身を包まれる。脩哉の口内に迎え入れられたのだとわかって、たちまち腰骨がじんと痺れた。

「脩兄……だめ、そんな……ぁっ……」

引き剝がしたくとも、上半身を秀哉に押さえられていて身体を起こすことさえできない。

そうする間にも脩哉の舌はねっとりと幹に絡みつき、敏感な括れをぞろりと舐った。

「あっ……、あ、あ、ぁ………」

逃れようと無意識のうちに腰が揺れる。そうすればするほど下肢の自由を奪われ、足を大きく開かされてあられもない格好を晒してしまった。

口蓋に先端を擦りつけるようにされ、舌で裏側を擦られて、すぐさま覚えのある感覚がやってくる。それでも必死に足を突っ張って快感をやり過ごしていると、今度はこちらからとばかりに秀哉が胸に舌を這わせた。

「しゅ、にぃ……、っ……」

花芽は今や痛いくらいに立ち上がっている。それを唇で咥《くわ》えられただけで甘い痺れが下腹に伝った。何度か甘噛みするように唇で挟まれ、そうかと思うと強く吸われる。もう一方は指で紙縒《こよ》りを作るように捻られて、たちまち頭の中が真っ白になった。

限界が近づいていることを察したのだろう、脩哉がいよいよ追い上げにかかる。

根元を扱かれ、きゅうっと疼いた双珠を捏ねられて、高みへと一気に押し上げられた。

「だめ……もう、……脩、離し、……っ」

もう我慢できない。口を離してほしいと訴えるものの、脩哉は聞き入れるつもりがないとばかりにさらに深く唯を呑みこんだ。

「やっ、ぁ……出ちゃう、から……」

「達っていい」

胸の上で秀哉に言われ、ビリビリと痺れるような愉悦が花芽を伝う。

「あぁっ……」

ふわりと身体が浮くような感覚に引き摺られるまま、唯はとうとう熱を放った。

秀哉に唇を塞がれ、嬌声《きょうせい》さえも奪われる。何度も身体を震わせながら精を吐き出した唯は、そのまま ぐったりとソファに身を沈めた。

閉じた瞼の裏にはチカチカと星が飛んでいる。心臓は痛いくらいに鳴っていて、とてもすぐには動けそうもなかった。

はぁはぁと荒い息をくり返す唯の上から秀哉が静かに上体を起こす。

「大丈夫か」

問われても目も開けることもできず、わずかに頷くばかりの唯に秀哉が小さく笑う気配がした。

下肢を覆っていたぬくもりもゆっくりと離れてゆく。ごくりという音がした時も、すぐには意味がわからなかった。

「飲んだのか」

「もちろん」

「またおまえばかり」

徐々に意識が鮮明になってくるに従い、兄たちが交わす言葉も耳に入ってくる。そろそろと目を開けた唯は、ようやくのことで自分が吐き出したものを脩哉が嚥下《えんげ》したのだと気がついた。

「ゆっ、脩兄、ごめん……っ」

我慢できずに口の中に出してしまったから。

慌てて起き上がろうとする唯に、脩哉はとんでもないと首をふった。

「どうして謝るんだ。俺はうれしいよ」

「え？　待って、……え？」

「好きな相手のものをもらって、うれしくないはずがないだろ？」

「……っ」

そんなとろけるような顔で笑わないでほしい。もしかしたらそうなのかもなんて思ってしまう。

困惑する唯に、今度は秀哉が畳みかけた。

「そうだぞ。なんでもかんでも脩哉に独り占めさせるな。次は俺だからな」

「秀兄までなに言ってるの。どうしてそんなにうれしそうなのっ」

「おまえとこうしていられるからな。これでも抑えているんだが」

ニヤリと口端を持ち上げる彼からは滴《したた》るような色香が滲み出ている。これで抑えているというなら、全開にしたらいったいどうなってしまうのか、考えただけでも恐ろしい。

思ったことが顔に出ていたんだろう。それを見た秀哉がますます笑みを濃くした。

「いいことをしてやろう」

抱き起こされるのと入れ違いに、今度は脩哉が仰向けに寝転がる。身体を反転させられた唯は、胸を合わせるようにして脩哉の上に押し倒された。

「……んっ」

ほんのわずかな刺激にも身体は敏感に反応してしまう。脩哉が着ているポロシャツに胸の先端が擦れ、唯は甘やかな声をこぼした。

恥ずかしさのあまり耳まで熱くなる。とっさに脩哉の両脇に手を突いて身体を起こそうとしたものの、逆に悪戯《いたずら》を誘う結果となった。

「かわいいな、唯」

「あっ、んんっ」

脩哉の両手がすぐに胸に伸びてくる。下から上へ、掬い上げるようにして薄い胸を揉まれるだけで先端はさらにかたく凝《しこ》った。つんと立ち上がった花芽は今や真っ赤に熟れ、微かな身動ぎにすら痛いくらい張り詰める。それを指先で弾かれ、捏ね回されて、たちまちガクガクと腰が揺れた。

「本当にここが好きなんだな」

「し、知らな……っ」

かわいいよ、と耳元で囁かれ、身体がさらに熱を上げる。

「唯、腰を上げろ」

今度は後ろから秀哉に手を添えられ、脩哉を跨ぐような格好で膝を突かされた。

「これ……は、恥ずかしいよ……」

「これからもっと恥ずかしいことをするんだぞ？」

「え？　……あっ？」

くちゅり。

尻の上に濡れたものが押し当てられる。それが秀哉の唇だと気づいた時にはもう遅い。

「秀兄、なに、……あっ……あぁっ………」

キスされてる。そんなところに……。

まるで自分のものだと主張するように秀哉はあちこちにくちづけてゆく。尻から太股へ、そして足の間へと縦横無尽に唇を這わせては、時々舌で舐り、強く吸い上げ、己の徴をもつけていった。

大きな手が背中を這い、腰骨からさらに下と滑ってくる。尻を両手で鷲掴みにされ、揉みしだかれて羞恥と快感に頭の芯がぐらぐらした。

秀哉はためらいなく、さらに唯を喰らおうとする。

足のつけ根から這わせた舌で蜜の詰まった双珠をつつき、そっと吸われた。

「あっ……んん……、っ」

「感じやすいな」

それだけで奥がきゅうっと収縮する。秀哉の小さな吐息にすらどうしようもなく腰が揺れた。

「あんっ」

ついに秀哉の舌が秘所に達する。

その途端、頭の中が真っ白になった。

「うそ、秀兄っ……だめ、だめ、そんなっ……」

腰を捻《ひね》ろうにもがっちりと摑まれていて逃げられない。せめて懇願しなければと後ろを向きかけた唯を、今度は脩哉がキスで封じた。

「んっ、……ん、ん、ん……っ」

そうしている間にも秀哉は、かたく閉ざした蕾をあやすように丹念に舌を這わせていく。尖らせた舌先でつつき、唾液を送りこまれているうちに、いつしか秘所は花が綻ぶようにふわりと開いた。

入口を陥落《かんらく》させた秀哉はさらに中にまで舌を挿しこむ。熱いものがゆるゆると出入りするたび、唯自身からはまたも滴がこぼれはじめた。

「んんっ」

脩哉の手が屹立《きつりつ》に伸びる。ぬめりを塗り広げるようにくちゅくちゅと音を立てて先端を弄られ、そのたびに身体が跳ねた。

ジンと熱を孕《はら》んだ秘所にゆっくりと指がもぐりこんでくる。時間をかけて慣らされたおかげか痛みはなく、すぐに二本目も受け入れた。覚えのある箇所を押し上げられ、たちどころに高まる射精感に内側からも快楽に染められていく。秀哉の指を甘く食むようにして身体はさらなる刺激をねだった。

「あぁ、今やる」

前を寛げる音すら待ち切れない。

ようやく指を抜かれたと思ったら、代わりに灼熱の塊が押し当てられた。

秀兄の、だ……。

ごくりと喉が鳴る。

「力を抜いていろ」

何度か入口を擦るようにした後で、狙《ねら》いを定めた楔《くさび》がグイと突き入れられた。

「あ……」

挿《はい》ってくる……。

指とは比べようもない大きさに引き攣《つ》れるような痛みもあったけれど、それ以上に、一分の隙もないほど埋め尽くされている充溢感《じゅういつかん》に甘いため息しか出てこなかった。

隘路に馴染ませるように秀哉は少し進んでは止まり、抜き挿しをくり返してはまた身体を進めてくる。唯自身はいつしか弾けそうなほど張り詰めていた。秀哉に動かれるたび、自身が脩哉の手の中で擦れて気持ちいい。半分まで秀哉を受け入れた後、残りを一気に押しこまれ、その衝撃で唯は出さずに達した。

「あ、あ、あ…………」

ビクビクと身体が震えて止まらない。高みに放り出されたまま降りてこられず、ずっと達しっぱなしのような感覚が続いている。それなのに、激しく蠢動《しゅんどう》する内部を掻き回すように秀哉に抽挿《ちゅうそう》を開始され、唯は身も世もなく悶え惑った。

「あっ、あんっ……あぁ……っ、あ、……っ」

気持ちよすぎて頭がおかしくなりそうだ。突き入れられるたび、瞼の裏には星が飛んだ。

「ん、ぅ……」

両腕で身体を支え続けることができず、脩哉の胸に上体を倒す。なおも鋭角に中を抉《えぐ》られ、甘い啼き声を上げるしかなかった。

脩哉の手が脇腹や背中をやさしく這い回る。秀哉の激しい抽挿とのアンバランスな動きがますます唯を混乱させ、快楽の淵へと追いこんでいった。

「唯」

シーツを握っていた手を取られ、脩哉自身へと導かれる。

「あ……」

脩兄の、すごく熱い……。

どくどくと熱く脈打つ楔に、自分に昂奮してくれているのだとわかってうれしくなった。

「はっ……」

最奥まで自身を埋めこんだ秀哉が、そのままの体勢でさらに腰を回してくる。

「あぁっ……しゅ、に……深いっ……」

先端でグリグリと奥を捏ねられ、弱いところを抉られて身体が震える。たまらずに脩哉を握る手に力がこもり、その刺激に屹立がビクンと跳ねた。

まるで、自分の中にいるもうひとつの塊を手にしているような。

「達くぞ……唯……」

秀哉が低い呟きを残して激しい抽挿を再開する。

ガクガクと揺さぶられ、わけもわからなくなった頃に身体の奥に熱いものが注ぎこまれた。

「あ、ぁ……」

腰を抱えたまま、秀哉がぶるりと身を震わせる。

終わった後も何度も雄《おす》を抜き挿しされ、思いの丈を叩きつけるように隅々まで精液を塗り広げられて、身も心も彼のものになったのだと実感した。

秀哉がゆっくりと自身を引き抜く。それに合わせて白濁があふれ出そうになった。

「んっ」

注がれたものがこぼれないように、唯はとっさに秘所に力を入れる。

それを見た秀哉が余韻覚めやらぬ声でくすりと笑った。

「出したくないのか」

「だって……秀兄の、だから……」

肩越しにふり返って言ってから、さっきの脩哉の言葉を思い出す。

――好きな相手にもらったものだから。

唯は脩哉に向き直り、はにかみながら手の中の雄芯をそっと握った。

「脩兄と同じこと言っちゃった」

「俺の気持ちがわかったろう？」

脩哉が笑いながら身体を起こす。胡座をかいた上に腰を引き寄せられ、対面座位で向かい合った。

さっきまで唯が触れていた屹立が秘所に押し当てられる。ほんの少しでも力を入れたら挿ってしまいそうな状態でお預けにされたまま、さらに顔を覗きこまれた。

「ほしいのは、秀哉だけか？」

愛しい意地悪に目が泳ぐ。

「……脩兄も、ほしい」

思い切って言葉にすると、脩哉は「よくできました」と音を立ててキスをくれた。

「摑まっておいで」

腰を引き寄せられ、とうとう熱塊を押しこまれる。大きく張り出した先端を含んだ後は、自重で一気にすべてを呑みこまされた。

「あ、あぁ……っ」

ずっと疼いていたせいだろう、脩哉の腹に擦れた花芯から衝撃でわずかに蜜がこぼれる。

「かわいいな、唯。すごくかわいい……」

脩哉は唯の腰に両手を回すと、さらに深く抉るように前後に揺さぶりはじめた。

「あっ、ん……脩、にぃ………」

「俺がおまえの中にいるんだよ。わかるか？」

「んっ……。わか、る……」

捏ねるように腰を回され、時折下から突き上げられて深い喜悦に啼くしかできない。脩哉が動くたび、秀哉の残滓がぐちゅぐちゅと淫猥《いんわい》な音を立てた。

なんて恥ずかしいんだろう。それなのに、こんなことをする相手が大好きな兄たちなんだと思うと、それすらも気持ちよくなってしまう。

一際深く突き入れられ、唯は大きく仰け反った。

「……お、っと」

倒れかけた身体を後ろから秀哉に支えられる。

「もうガクガクだな。気持ちいいか」

「ん……」

とろんとした目を向けると、秀哉は艶容《えんよう》に笑った。

「そんな顔をして誘うようになるとはな」

「んんっ」

前に回された手に胸の突起を摘ままれる。途端、突き抜けるような快感が全身を覆い、中にいる脩哉を何度も甘く食《は》み締めることになった。

「唯、少しは加減してくれ」

脩哉が苦笑しながら突き上げてくる。

もはや芯をなくした唯の身体は、そのたびに秀哉に向かってずり上がった。

「秀哉、唯を寝かせてくれるか」

脩哉が挿入したまま胡座を崩す。

半ば秀哉の胸に乗り上げるように寝かされた唯は、そのまま両足を抱え上げられた。

「あ……また……」

あらためて、脩哉がぐうっと奥まで挿ってくる。大きなストロークを描いて逞しいものが出し入れされるごとになにも考えられなくなっていった。

脩哉の手が唯の花芯を包む。

秀哉の手が唯の花芽を捏ねる。

そして脩哉自身が唯の一番深いところを――――。

「だめ……もう、達、ちゃうっ……」

「あぁ。俺もだ」

脩哉がそっと目を細める。最後の追い上げとばかり強く腰を打ちつけられ、それに合わせて自身を扱かれて、唯は愉悦に首をふるしかなかった。

「脩兄、……ぁっ、あ、あ、……そんな、したら……っ」

「一緒に達こう。ほら」

「あ、あ……っ。……あ………」

最奥を突かれた瞬間、我慢できずにふたりに見守られながら吐精する。それとほぼ同時に脩哉自身が弾けたのを感じた。

たっぷりと中を濡らされ、脩哉の色にも染め上げられる。それがうれしくて胸がいっぱいになった。

「ふたりの、もの……だね」

兄たちは一度顔を見合わせてから、あらためてにっこりと笑った。

「俺たちも、おまえのものだよ」

「これからもずっと、おまえだけのものだ」

真摯《しんし》な言葉に胸がじんと熱くなる。

「唯」

ふたりから交互にくちづけられ、唯は安心してうっとりと目を閉じた。

その途端、深い睡魔がやってくる。

「疲れたな。ベッドに運んでやるから、ゆっくりおやすみ」

「ゆう、にぃ……しゅうにぃ……」

せめておやすみを言いたいのに、眠気に勝てない。

額にやさしいキスが落ちたのを最後に、唯はふわりと意識を手放した。

＊

慌ただしく一週間が過ぎた。

新しい関係になってからも兄たちとは変わらずに過ごしている。ふたりともが家を出る話を撤回してくれたため、これからは家族皆で暮らすことになった。

特筆すべきは両親だ。

今回の出張で研究三昧の日々を送ったのがよほど楽しかったのか、今度は国内の研究所に泊まりこむと豪語している。

せっかくシンガポールまで行ったというのに観光ひとつしなかったらしく、研究経過を書きこんだノートと、あいかわらずどこで見つけたのと訊きたくなるようなお土産でスーツケースをいっぱいにして帰ってきたのには笑ってしまった。

だから唯もリクルートスーツをお披露目《ひろめ》して、両親を驚かせてやった。

自室で着替えた際、ネクタイを直してくれた秀哉にお礼のキスをねだられ、それを見た脩哉が狡《ずる》いと言い出したことで軽く揉めたのは父母には秘密だ。おかげで兄ふたりが満足するまで交互に深いキスをされ、もう少しで腰が抜けるところだった。

今考えても恥ずかしいよ……。

その時のことを思い出すだけで顔から火が出そうになる。

「どうした。赤い顔して」

ふと、隣でコーヒーカップを傾けていた脩哉が手を止め、覗きこんできた。

「楽しそうだな。昨夜のことでも思い出していたのか」

「な、な……っ」

秀哉までそんなことを言うものだから、もう少しで持っていたカップを落とすところだった。

「あぁ、耳まで真っ赤だ」

「しゅ、秀兄っ」

「参ったな。今すぐキスしたくなった」

「脩兄も、少しはこらえて……！」

精一杯の小声で訴える。

けれど兄ふたりにはそれさえも微笑ましく映るらしく、まるで効果なんてないのだった。

……もう。ばれたら困るのに。

呑気に笑う兄たちを見ながら、唯はやれやれとため息をつく。

実際のところ、両親がこのことを知ったらどう思うか想像がつかない。あれだけ自由に生きている人たちだ。息子たちが考えた末の選択ならば案外さらりと受け入れてしまうかもしれない。

それもどうなんだろう……。

想像しただけで脱力してしまう。まったく、考えないといけないことが山積みだ。

けれどそれは同時に、しあわせな悩みでもあった。

これからは、両親はこの家を拠点にあちこち飛び回る生活を送るのだろう。ということは、この後も三人暮らしが続くということだ。

恋人である脩兄と、秀兄と、そしてぼくの――。

あらためて考えるとなんだか照れくさくなってしまい、唯ははにかみ笑いながら下を向く。ドキドキと胸を高鳴らせたのと同じ分だけあたたかい暮らしがここにはあった。

自分たちは今、新しい形に生まれ変わろうとしている。

そんな変化は周囲の人たちとの関係においても同じように起きた。

ケータリングのアルバイトは、脩哉が桜井に話を通してくれたとおり、正式に辞めることになった。

風邪と偽《いつわ》って休んでから結局一度も復帰できなかったことが心残りだったけれど、現場で世良と顔を合わせてしまったらと思うと、どうしても前向きな気持ちになれなかったのだ。

いまだに、事務所でのことを思い出してしまうことがある。

世良に襲われかけたこともショックだったけれど、それ以上に、信頼していた人からの裏切り行為にチリチリと心が痛んだ。

そのたびに兄たちは唯を抱き締め、二度とあんなことが起きないように守ると約束してくれた。

それだけで気持ちは充分楽になったし、時間とともに少しずつ忘れていくものだと思っていたのだけれど、兄たちはそれで済ませる気はなかったらしい。

世良に、唯への文書による謝罪を要求するとともに、今後一切接触しない旨の念書を書かせた。

彼ははじめのうち対応を渋っていたそうだが、こちらに被害届を出す用意があることを伝えると、すぐに折れたという。

まっとうな社会生活を送りたいと思えば当然だろう。人気商売であればなおさらだ。

けれど、そうまでしても彼の未来は続かなかった。

脩哉のオフレコ情報を洩らしたのが世良だと判明したためだ。

脩哉の噂が出回ったのが八月頭。一方で、唯に「自分たちだけの秘密だ」と口止めをしたのはそれより三週間も前のことだ。この時期の食い違いに目をつけた兄たちが当時のことを再整理し、事実があきらかとなった。

ただでさえ、暴行未遂の物的証拠と証言がある。加えて極秘情報の漏洩だ。

事実を重く見た社長によって世良はモデル事務所を解雇され、クライアントにも一報を入れられた。今後モデルとしてキャリアを積むのはかなり厳しくなるだろう。社会的制裁としては充分だった。

これらはすべて、脩哉と秀哉の連携プレーの賜だ。

目一杯愛されてくれとの言葉どおり、ふたりは唯の心も身体も全力で守ろうとしてくれる。事実、事務所社長への報告も、被害者が唯だとはわからないように暈《ぼか》して伝えてくれたと聞いた。

自分にはもったいないぐらいやさしい兄たち。

そんなふたりが傍にいてくれることを心強く思う反面、少しだけ不安にもなった。

モデルである脩哉と、弁護士である秀哉。

ふたりとも、今が一番大切な時だ。社会的地位のあるふたりの恋人が、年の離れた弟だと世間にばれたらどうなるだろう。

もやっとしたものが胸を過ぎる。

「えっと……コーヒー、冷めちゃったよね。新しいの淹れてくるね」

望まない結論に辿り着いてしまいそうで、唯は勢いよくソファから立ち上がった。なにか用事をしていれば気持ちも紛れるかもしれないと思ったのだ。

「脩兄、カップ貸して？　秀兄も」

「唯」

「あ、コーヒーよりお茶がよかったかな」

「唯。……座ってくれ」

脩哉が元いた場所を示す。

ここまでされては従わざるを得ず、座り直すなりやさしく肩を抱き寄せられた。

「なにか、よくないことでも考えただろ」

「あ……」

どうして、あれだけのことでわかってしまうんだろう。

弾かれたように顔を上げると、脩哉は形のいい眉を下げながら苦笑した。

「おまえは隠しごとができないな」

「あの、その……」

「それがおまえのいいところだよ」

ぽんぽんと肩を叩かれ、ゆっくり身体を離される。

今度は秀哉に頭を引き寄せられ、髪にそっとキスを落とされた。

「話してみろ。必ず安心させてやる」

「……いつも、そんなふうに言ってくれるね」

「それが俺たちの役目だからな」

くすりと笑うのが耳に心地いい。

それに背中を押されるように思い切って不安をぶつけると、兄たちは顔を見合わせ苦笑した。

「唯なりに心配してくれたんだよな。ありがとう。でも、俺たちはそんなことで潰れるほどヤワじゃないよ。安心してくれ」

「で、でも……」

「それとも、おまえは周りの目の方が大事か？　ただの兄弟だった頃に戻りたいか？」

――――ただの、兄弟だった頃。

ふたりに憧れ、眩しい背中を追いかけていた日々。心を添わせることも身体を重ねることも、愛を囁き合うこともない、ただそこに存在していたあの頃に戻るなんて、そんな選択は自分にはできない。

「嫌…だよ」

「あぁ。俺たちもだ」

やさしく髪を掻き混ぜられ、その手のあたたかさに泣きたくなる。

この手のぬくもりをなくしたくない。だからもう、なにもなかった頃には戻れない。

はっきりと自覚する。

大切なのは、世間体を気にすることじゃない。この恋を、全力で守っていくことなんだ――――。

「変なこと言ってごめんね。ぼく、ようやくわかった」

ただ不安に怯えるだけじゃ守れない。もっと強くならなければ。

そう言うと、秀哉は今まで一番やさしい顔で「そうか」と笑った。

秀兄、こんなふうに笑うんだ……。

はじめて見る笑顔に胸がきゅっとなる。

その隣で脩哉が大袈裟に胸を撫で下ろす真似をした。

「よかったな、秀哉。十年越しの約束が危うく反故《ほご》にされるところだった」

「まったくだ」

突然のことに頭がついていかない。

「十年越しって……？」

訊ねた途端、「まさか忘れたのか？」と芝居がかった調子で訊かれ、ますますうろたえてしまう。

「まぁ、あの年じゃ覚えてなくてもしょうがないか」

脩哉は口元に小さく笑みを浮かべると、あらためてこちらに向き直った。

「俺たちと結婚するって言ったろう？」

「え？」

いつの間にそんな話になったんだろう。

目を白黒させる唯に、秀哉が意味深にニヤリと笑った。

「なんだ。自分から立候補したくせに」

——大きくなったら、お兄ちゃんと結婚する。

「あ！」

思い出した。確かにあの日、土手に並んでそんな話をした気がする。

「でも、あれ、ぼくが十歳の時の……」

今から九年も前の話だ。結婚というもの自体をよくわかっていなかったし、純粋に、大好きな兄たちとずっと一緒にいる方法として思いついたままでのことだ。

子供の口約束で終わる話だった。それなのに。

「ずっと、覚えててくれたの……？」

こくりと喉が鳴る。

脩哉は目を細め、当然のように頷いた。

「唯を守れるようにならないとって、秀哉とも約束したからな」

そうだ――。

朧気な記憶をたぐり寄せる。あの頃の自分には意味まではわからなかったけれど、兄ふたりが顔を見合わせ、頷き合ったことだけははっきり覚えていた。

今なら、彼らがどんな思いでそうしたのか手に取るようにわかる。そしてふたりは本当に、その言葉どおり自分を守ってくれた。ずっと自分だけを見ていてくれたのだ。

「どうしよう……こんなことって……」

うれしくて胸が震える。

「こんなしあわせなことが、あってもいいの？」

たとえ三人だけの約束だとしても、将来を誓い合えるなんて。

ふたりの顔を見返し、胸がいっぱいになる。うまい言葉なんて出てこないから、せめてあふれるほどの想いを伝えるために唯は満面の笑みを浮かべた。

「脩兄。秀兄。……大好き」

たちまち両側から腕を回される。

「唯、愛してるよ」

「これまでも、これからもずっとだ」

左右の頰に贈られた誓いのキスが、しあわせな日々のはじまりを告げた。

あとがき

こんにちは、宮本《みやもと》れんです。

『あまい恋の約束』お手に取ってくださりありがとうございました。

今回のテーマは攻ふたりによるダブル溺愛です。攻にとことん愛される受の構図が大好きなので、私自身とても楽しみながら書かせていただきました。夜眠る前の一時だけでも現実を忘れ、あまあまふわふわのお話で楽しんでいただけましたら幸いです。

主人公の唯《ゆい》は、ちょこまかしてて一生懸命で、でもぽやっとしてて、たまに危なっかしいけどあんまり自覚はなくて、そしていつも楽しそう。これまで書いたことがないタイプだったので、はじめはどうしたものかと思っていたのですが、担当様の「唯はひまわりの種をはむはむ食べるハムスターなんですよ」というアドバイスに目から鱗が落ちまして（ついでに喩えが人ですらないことにもウケまして・笑）無事にでき上がったのでした。

唯が年齢のわりに恋愛慣れしていないのは、ひとえに兄たちの鉄壁のガードによるものでしょうね。はじめて会った時から自分たちをきらきらした目で見てくる弟がかわいくてしかたがない兄たち、どんな悪い虫も寄せつけまいと目を光らせていたでしょうし、己の内面・外見を磨きに磨いて唯を惹きつけておいたおかげでこうして結ばれたことを思うと、

あとがき

なんというか、努力の勝利に乾杯……という気持ちになります。

これからは蜜月の日々がはじまりますね。想像しただけで砂がザラザラ吐けそうですが、とにかく、三人が末永くしあわせでありますように。

本作にお力をお貸しくださった方々に御礼を申し上げます。

華やかに作品を彩ってくださいました壱也《いちや》先生、このたびはありがとうございました。唯がかわいすぎてクラクラしました。脩哉《ゆうや》はやさしく格好よく、秀哉《しゅうや》はキリッと二枚目に描いていただけてすごくうれしかったです。カバーも、九年前のプロポーズシーンを今の三人で再現していただいたかのようで感激しました。

担当K様、今回もまた大変お世話になりました。一緒に作品づくりをさせていただけるしあわせを噛み締めるばかりです。これからもどうぞよろしくお願いいたします。

最後までおつき合いくださりありがとうございました。

編集部宛にご感想をお寄せくださった方には、お返事とともに書き下ろしの番外編SSペーパーをお送りする予定です。ちょこっとした後日談ですが、こちらもおつき合いいただけましたらうれしいです。

それではまた、どこかでお目にかかれますように。

二〇一五年　夏の夕暮れ、ビアを片手に　　宮本れん

アメジストの甘い誘惑《アメジストのあまいゆうわく》

宮本れん
イラスト：Ciel
本体価格855円+税

大学生の暁は、ふとした偶然で親善大使として来日していたヴァルニーニ王国の第二王子・レオナルドと出会う。華やかで気品あるレオに圧倒されつつも、護衛の目をごまかし街へ出てきたという気さくな人柄に触れ、彼のことをもっと知りたいと思いはじめる暁。一方レオナルドも、身分を知っても変わらず接してくれる素直な暁を愛おしく思うようになる。次第に惹かれあっていくものの、立場の違いから想いを打ち明け合うことが出来ずにいた二人は——。

リンクスロマンス大好評発売中

執愛の楔《しゅうあいのくさび》

宮本れん
イラスト：小山田あみ
本体870円+税

老舗楽器メーカーの御曹司で、若くして社長に就任した和宮玲は、会長である父から、父の第一秘書を務める氷堂瑛士を教育係として紹介される。怜悧な雰囲気で自分を値踏みしてくるような氷堂に反発を覚えながらも、父の命令に背くわけにはいかず、彼をそばに置くことにした玲。だがある日、取引先とのトラブル解決のために氷堂に頼らざるをえない状況に追い込まれてしまう。そんな玲に対し、氷堂は「あなたが私のものになるのなら」という交換条件を持ちかけてきて——。

この本を読んでの
ご意見・ご感想を
お寄せ下さい。

〒151-0051
東京都渋谷区千駄ヶ谷4-9-7
(株)幻冬舎コミックス　リンクス編集部
「宮本《みやもと》れん先生」係／「壱也《いちや》先生」係

リンクス ロマンス

あまい恋の約束

2015年7月31日　第1刷発行

著者……………宮本《みやもと》れん
発行人…………石原正康
発行元…………株式会社　幻冬舎コミックス
〒151-0051　東京都渋谷区千駄ヶ谷4-9-7
TEL 03-5411-6431（編集）
発売元…………株式会社　幻冬舎
〒151-0051　東京都渋谷区千駄ヶ谷4-9-7
TEL 03-5411-6222（営業）
振替00120-8-767643
印刷・製本所…株式会社　光邦
検印廃止

ISBN978-4-344-83488-0 C0293
Printed in Japan

幻冬舎コミックスホームページ　http://www.gentosha-comics.net

本作品はフィクションです。実在の人物・団体・事件などには関係ありません。